蔡澜

活过

蔡澜——

著

湖南文艺出版社
HUNAN LITERATURE AND ART PUBLISHING HOUSE
·长沙·

博集天卷
CS-BOOKY

图书在版编目（CIP）数据

活过 / 蔡澜著 . -- 长沙：湖南文艺出版社，2025.1（2025.7 重印）. -- ISBN 978-7-5726-2127-7

Ⅰ . K825.6

中国国家版本馆 CIP 数据核字第 2024WH8692 号

上架建议：畅销·文学

HUOGUO
活过

著　　者：蔡　澜
资料整理：杨　翱　李品熹　王力加
出 版 人：陈新文
责任编辑：张子霏
监　　制：于向勇
策划编辑：王远哲　王子超
文字编辑：赵　静　罗　钦
营销编辑：黄璐璐　时宇飞　秋　天
封面设计：梁秋晨
版式设计：梁秋晨
内文排版：谢　彬
出　　版：湖南文艺出版社
　　　　　（长沙市雨花区东二环一段 508 号　邮编：410014）
网　　址：www.hnwy.net
印　　刷：河北鹏润印刷有限公司
经　　销：新华书店
开　　本：875 mm×1230 mm　1/32
字　　数：181 千字
印　　张：10.25
版　　次：2025 年 1 月第 1 版
印　　次：2025 年 7 月第 2 次印刷
书　　号：ISBN 978-7-5726-2127-7
定　　价：52.00 元

若有质量问题，请致电质量监督电话：010-59096394
团购电话：010-59320018

序

自从去年跌伤以来，已很久没有发表文章。我经常说，一个作家一旦停止写作，即使人在生，也与死去无异。

经过长时间的休息，身体状况开始好转，闲来无事，坐在案前，又想起了老本行，便继续拿起笔来写呀写。

写什么好呢？以往写食评，每周最少到十家餐厅试吃，如今外出吃饭的机会不多，总不能凭空乱写。近来精神也不如以往，看的电影与电视剧集也越来越少，影评也写不下去了。前些年写了《在邵逸夫身边的那些年》，读者看过后，都来信让我多写一点往事。

人老了，就爱怀旧，还是多写一点旧事吧。

以往觉得，写自传的人，只会把自己最好的一面写出来，不够真实。倪匡兄说我的文章凭一个"真"字，就能够吃很多年。托他洪福，至今还有不少读者买账，那就写一个最真实的自己吧。

经历了这次重伤，还有老伴离世，人生至此，该经历的事，已历经八九。在这个阶段，凭回忆去写一些旧事，难免会有点错漏，最好只讲自己，不去谈论别人。

近年受瘟疫所困，已多年没有旅行，经常怀念以往经常出门的日子。印象最深的是那次坐夜机，突然遇上强烈气流，旁边一个外国胖子吓得面色苍白，死死抓着座位上的扶手，我则悠哉游哉地喝着香槟。

气流结束后，胖子看我神闲气定，不服气地盯着我，问了一句："你死过吗？"我笑着摇摇头说："没有，但我活过。"

我在潮州出生，新加坡成长，之后到日本留学。因缘际会，得六先生赏识，到邵氏工作，从此定居香港。又因电影工作，能够到不同国家居住，更结识到无数有趣人物，与他们成为朋友。吃喝玩乐都尝遍了最好的，是无憾了。

如今用这些文章，将快乐的回忆与大家分享，谈不上自传，只能算是一本快乐回忆集，叫作《活过》，希望大家喜欢。

目录

1

2

童年

蔡澜 活过

由出生到三岁这段时间，我没有记忆，一些事情只能从家人的口述中得悉，有件事相当滑稽。

我出生于太平洋战争爆发的一九四一年。

日本鬼子入侵，我们一家，父、母、姐姐、哥哥、我及奶妈六人逃难，从市中心一直跑到乡下躲避，情势之险恶有如丰子恺先生的漫画中所描绘，炸弹的碎片把人头削去，肚肠横流的画面举目皆是。

逃难没有东西吃，母亲身体也流不出乳汁，奶妈是养姐姐的，一直跟随着我们，变成了姑妈之类的家族成员，对八年后出生的我，已不负责当年的工作！

一路上，我到底靠什么活下去？后来我好奇，提出这个问题。

"吃蝴蝶粉呀！"奶妈说。

"什么叫蝴蝶粉？"我问，"是奶粉吗？"

奶妈解释："当年奶粉还没发明，那是一种用白米磨成的粉末，英国制造。铁罐上印着一只蝴蝶，大家都叫它蝴蝶粉，舀一汤匙出来，用滚水泡开，大力搅拌，变成像糨糊一样的东西。"

"什么？"我说，"我是吃糨糊的？"

大家都笑了。

即刻又很自然地反应："逃难的时候，哪来的木头烧滚水？"

母亲呆了一呆，笑着说："现在想起来，那时候大家顾着逃命，都没吃东西，你也空肚。"

"好彩没饿死。"我拍拍胸口。

大家都跟着拍拍胸口："好彩，好彩。"

"没遇着日本兵吗？"我问。

姐姐记得最清楚："日本兵没遇到，但是头上的飞机不断飞过。"

"炸弹炸个不停吧？"我问。

"何止炸弹。"姐姐说，"飞机飞得很低，机关枪扫射，嗒，嗒，嗒，嗒。"

"大家怎么躲避？"我问。

"都跳进沟渠里呀！"姐姐说。

"我也跟着跳进去了？"我问。

"你连路也不会走，哪会跳？"姐姐说。

"那么，我在哪里？"

"妈妈背着你呀！"

"这就是我的问题了。"我急了起来，"妈背着我跳进沟渠里，我不是暴露在外面？"

脑中出现那么一连串的画面：

听到远处飞机的声音，众人一面跑一面回头看。飞机飞得愈来愈近，众人的脚步愈来愈快。背上的婴儿受到颠动，大声哭泣。炸弹投下，轰隆轰隆，椰林中弹，爆发巨火。震荡令逃难的人把头一缩，继续往前奔跑。

嗒，嗒，嗒，嗒，一排子弹扫了下来，逃在后面的人被子弹穿胸而过，血液飞溅。

家人见情势不妙，纷纷各自跳进沟渠（那沟渠也不是很深，不然不敢跳进去）。

第一架飞机当头飞过，以为没事，忽然又听到第二架飞机低飞的引擎声，转头一看，飞机双翼喷出闪电般的火光，嗒，嗒，嗒，又是一排子弹扫射下来，柏油路被打出一个个的洞洞，碎石飞扬。

路面上的婴儿，挥动着双手，张口大哭，嗒，嗒，嗒，嗒，炮火声淹没了哭啼声。

眼见又一枚炸弹由高空投下。

炸弹由远至近，发出尖尖的嘘嘘声。

说时迟，那时快，一棵路旁的巨树被炸中倒下，刚好倒在婴儿旁边。炸弹爆炸时炮壳横飞，一片片铁皮镶进了树干。

婴儿已经哭得疲倦，耳朵又被炮火震得听不到声音，周围椰林的火焰，变成橙黄色的海洋。炸弹的爆裂，是无数的烟花。那阵浓烟是各类动物的化身，中间有只巨鹰，飞来飞去，飞进一个很大的鸟巢。婴儿仔细一看，原来是妈妈蓬松的头发，他哈哈叽叽嘻嘻笑了出来。

惊魂甫定的父母，看到沟渠中流动的山泉，清澈可喜，就舀了一些来冲蝴蝶粉。冷水泡制，当然搞不出糊状，弄得一塌糊涂，喂将起来。婴儿有东西吃，也不管好坏狂吞，笑得更厉害了。

"完全不是那样的。"姐姐说，"后来的事，大家都吓得记不起来了。"

好生失望，故事那么说，才有趣嘛。

所谓大难不死，必有后福，后来我一生做人不太努力，也没有经过什么风浪，活到今天。

我有记忆时，是住在一家叫"大华戏院"的三楼。从客厅走出去，就看到银幕。

大华戏院是一座很古老的建筑物，戏院外面有四幅画，设计完后请景德镇师傅烧好后拼上，每幅有四五十尺高，七八尺宽，画着京剧的人物。瓷砖从内地运到南洋，由内地工人一块块牢牢地砌上去。七八十年后，一片也不残缺剥脱，颜色鲜艳，表面光亮，真是不可多得的艺术品。

家父蔡文玄，跟着邵仁枚、邵逸夫两兄弟来南洋发展电影事业，除主管电影的发行之外，还当大华戏院的经理，所以我们的家被安顿其中。

妈妈做买卖，姐姐、哥哥上学，奶妈忙着做家务，剩下我，每天看电影，放映多少场看多少场，反正小孩子对重复又重复的事，不感厌倦。

那是一个专门做来监察戏院一切的包厢，下面望上，像个阳台。从那里，可以看到一楼和二楼的观众席，包厢有如一个大贝壳，边上有条铁栏杆，我不够高，家人搬了一张椅子给我半蹲半跪着看戏。

你知道小孩子是静不下的，有时我会在黑暗之中爬上去抱住栏杆，看电影看到疲倦了我就那么睡着，要是一下不小心就会摔下去，也就拜拜了。

每天看的多数是上海的一些旧片，日本军入侵，也有些日本片，其中有一部是讲一个兵士逃亡的，记得很清楚。后来重看，才发现叫《晓之脱走》，是由池部良和李香兰主演的黑白片，川喜多监制，他那时权利很大，军阀管不到他，他很大胆地拍了一些带有少许反战意识的戏。

至于电影中的主题曲，则是李香兰唱的《卖糖歌》，歌词和旋律我还能背出来。

那时候，我三岁……

生日那天，家人做了些甜面。潮州家庭有那么一个传统，生日要吃用糖煮汤汁的面，相当难吃，面本来应该吃咸的嘛。

甜面之外，还有一个煮得全熟的鸡蛋。用张写春联的红纸，趁鸡蛋还湿的时候在壳上磨一磨，就染红了。

那时候要吃到一个鸡蛋并不是很容易的事，所以那颗鸡蛋要小心翼翼、慢慢地欣赏。先剥了蛋壳，盐也不蘸，保持原味，一小口一小口嚼蛋白。

忽然，警报响了，飞机来轰炸。来的是英国飞机，投下的是英国炸弹。当时沦陷，又是战争结束的前一年，英国空军飞来反攻。

爸、妈、姐姐、哥哥和奶妈赶紧拉我去防空壕逃避，我哪舍得留在最后才吃的蛋黄！

黄澄澄的蛋黄，像睁着眼睛望着我，要求不要抛弃它，我一急，一手抓住，往口中送。我那么一卡，呛住了喉咙，一面跑一面大口喘气，差点憋死。

从此，一生人，看到蛋黄就怕，再也不碰。

之后，对那段时间，只有零零星星的回忆。

姐姐很乖，书读得好。哥哥顽皮透顶，一次回家给爸妈骂，上毛笔字课时，忘记带水，就用小便去磨墨——他人老实，自己告诉大家的。

哥哥又喜欢剪报纸，一有空就把报纸中所有的广告都剪下来，盘着腿，坐在地下剪，一不小心，剪到小鸡鸡，血流得满地，长大后也不用割包皮了。

还有一次，哥哥追一只猫，追到阁楼，踏进脆薄的天花板，整个人跌下来，昏倒了。爸妈也不知道怎么办才好，只好一个抓手一个抓脚，把他摇来摇去，摇醒了。

一天，家里出现一个日本兵，穿着长靴，拿了一件日本浴衣和水果白桃罐头来当礼物。后来据爸爸说，他是个军医，又深好中国文学，打听到父亲是个诗人，专程来拜访。

那人看着我，从裤袋中抓出一把糖给我吃，外层白颜色，还可口，里面包的东西又黄又绿，味道古怪。

长大后，由爸爸补充，得知这个军医看到南洋女子都怕晒太阳，致力研究出一种药，吃了令皮肤的黑色素消除，原来他是拿我当白老鼠。

他每次来，和家父在纸上笔谈。汉字大家熟悉，我在旁边看，他又给我糖吃。说也奇怪，当今想起，我一生皮肤一直洁白，脸还带红，就算在沙滩上拍戏，黑了一两天，又转白了，不知道是否这药真的有效。

有一天一家人吃晚饭，吃到一半，飞机又来轰炸，说时迟那时快，还没来得及逃跑，一枚大炸弹轰隆一声出现在我们头顶，给天花板夹住，我还清清楚楚看到弹头。好在弹头里的撞针失灵，不然爆炸开来，一家大小都没命。

父亲打电话给那军医，他派工兵来把炸弹拆除搬走。爸爸要求工兵把炸弹的翼部锯开留下，后来又留了一片圆玻璃，当成餐桌，以志不死之难。

那军医送的衣服，没人穿，因为一碰就烂。我们拿来玩，像纸一样，可以用手指一片片撕开，天下再也没有那么坏的布料。皆因日本穷兵黩武，已到灭亡前夕，所有物资都短缺。军医再次来访，说是最后一次见面，父亲送他一双皮鞋，他把长靴脱下来当礼物。他走后，我穿着靴，直插入腿，到了胯下，是个好玩具，至今不忘。

在战争的阴影下，家父虽有戏院经理一职，但物质短缺，生活还是艰苦的，父母兼两份事做，一家人才能糊口。爸爸是文人，要做买卖，想了一个馊主意，说去卖蚊帐。这种货哪有客要？几天就收档了。

还是女人的生存本领高，妈妈早上到一个叫榜鹅的乡下小学教书，顺便在树林中摘下免费野生杧果，回家后用甜醋浸了，晚上拿去卖，也赚不少钱。

每夜受露水煎熬，母亲患上了哮喘病，半夜咳得不能入眠。我和妈妈一起睡，这哮喘当然也传染了给我。她咳我也咳，咳得不能躺卧，起身坐着才稍微缓和。

父亲在国内当教师时，有位学生叫林润镐，后来也跟着来到南洋。他一直尊师重道，我们当他是一家人，从小镐兄镐兄地称呼他。镐兄是位通天晓，看见马来朋友抽一种烟，咳嗽停了，睡觉安宁，就买了烟教妈妈抽。

记得很清楚，那是连火柴也买不到的年代，我们母子躲在卖不掉的蚊帐中，点了一盏油灯。油灯外有个透明的玻璃罩，罩口被烟熏黑，之前由我负责，把纸头的香烟盒剪成一条条，用它来点烟。

妈妈吸了一口，我在旁边二手烟也吸了几口。说也奇怪，果然两人都睡得香甜。

长大后，到世界各国流浪，一闻同伴的烟味，非常熟悉，原来当年抽的是大麻。

忽然有一天，鞭炮声大作，原来是抗战胜利了。

母亲做买卖赚的钱，时常借给亲戚和朋友救急，这时他们都拿了一沓沓簇新的钞票来奉还。这些银纸是日本军印的，将新加坡改名为昭南岛，上面印着一棵香蕉树，挂着一大串果实。华人称此票为香蕉纸。一打败日本人，钞票都废掉了，这时他们才用来还钱，妈妈唯有苦笑。

一大箱的香蕉纸，被当作玩具。哥哥和我，横放一张，直摆一页，左叠右折，愈来愈多，起先像风琴，后来变成一条纸龙。那时又没有什么《大富翁》之类的游戏，也玩得不亦乐乎。

有个亲戚，拿了几条东西，像当今的Mars（玛氏）朱古力，用锡纸包住，当债还。妈妈问他是什么。

"鸦片呀！可以卖很多钱的。"亲戚说。

家母在国内是新一代青年，最痛恨鸦片带给中国人民的毒害，即刻拿去烧掉。

燃烧时发出很奇异又很香浓的味道，我至今记忆犹新。

在马路上，一辆辆英国兵驾的货车，载着垂头丧气的日本战俘。群众看到了，都挥着双手，大骂："马鹿野郎（Baka Yaro-Baka Yaro）！"

我们也随之从大华戏院搬家，新址是一个叫"大世界"的娱乐场，地方大得不得了，里面有戏院、舞厅、店铺、体育场，按照上海的模式建的。父亲被派去"大世界"当经理，我们的新家，就在娱乐场里面。

"大世界"一住六七年，家中环境渐好，母亲又机灵，跟着一位我们称为统道叔的老朋买股票，又投资马来西亚的橡胶园，有点储蓄。家父反而"工字不出头"，薪水仅仅够家用罢了。

双亲花了一大笔钱，在新加坡后巷实笼岗六条石买了一个家，地址记得清楚，是No.47，Lowland Road（低地路）。

搬新家的那种兴奋的心情，是很难用笔墨形容的，一切是那么新鲜，那么愉快。

那是一座大屋，犹太人建的，两层楼。大人搬家具，小孩子开窗，数一数，有一百七十多扇。

由一个铁闸走进去，经过一段泥路，才到家。花园很大，种满果树，旁边有个士敏土①铺成的羽毛球场，是我们最高兴看到的。

隔篱是座庙，和尚很喜欢听"丽的呼声"，每天一早就从小箱子传来一首约翰·施特劳斯的《溜冰圆舞曲》。

---

① 即水泥或混凝土，早期对英语"Sement"的另一种音译。

庙前是一个马来人的村庄，椰子林中，有名副其实的马来鸡到处奔跑，鸡腿瘦到极点。

在这里我度过思春期，直到我出国留学。这段时间头脑已成熟，记忆的事情很多，但是记录起来又恐怕变成虚构的，只有留着当另一部小说用，现在写的当成一些背景资料。

生活在异乡时，往往梦回。那片椰林、那间犹太人的屋子、花园中的红毛丹树、奶妈的逝去，等等等等，醒来，枕湿。

小时，最大的乐趣是等待星期天。一早，爸爸、妈妈、姐姐、哥哥和我，及手中抱着的弟弟，一家六口穿了整齐干净的衣服，乘了的士，由我们住的大世界游乐场，直赴后港五条石阿叔的家。

阿叔姓许，我们没有叫他许叔叔，只因他比我们的亲戚还亲。

车子经一警察局、一花园兼运动场和一个巴刹①，向左转进条碎石路，再过几间平房，就是阿叔的花园。我们按铃，恶犬汪汪，阿叔的几个儿子开门迎接。

花园占地一万多平方英尺②，屋子是它的十分之四，典型的

---

① 意思是市场、集市。
② 英美制长度单位，1英尺约等于0.3米。

南洋浮脚楼，最前端是个有顶的阳台，摆着石桌石凳子。

笑盈盈的阿叔，有略微肥矮的身材，永不穿外衣，只穿一件三个珍珠纽扣的圆领薄汗衫和一条丝制的白色唐裤，围黑皮附着钱包的腰带。留了个寸头，一张很有福相的圆脸，留了一笔小髭，很慈祥地说："来，先喝杯茶。"

由阳台进主宅的门楣上，挂着一幅横匾，写了几个毛笔字，签名并盖印。

第一次到阿叔家时拉爸爸的袖子，问道："写些什么？"

爸爸回答："这是周作人先生写给阿叔的，是他的这个家的名字。"

"家也有名字吗？周作人是谁？"我还是不明白。

"你以后多看书，就知他是谁了。"爸爸很有耐性地说，"也许，有一天，你会学他写东西也说不定。"

"但是，"我不罢休，"为什么这个周作人要写字给阿叔？"

"阿叔是一个做生意的商人，但是很喜欢看书，而且专门收集五四运动以后的书……"

"五四运动？"我问。

爸爸不管我，继续说："中国文人多数没有钱。阿叔时常寄钱给他们，为了要感谢阿叔，他们就写些字相送。"

"文人很穷，为什么要学他们写东西？"我更糊涂了。

一年复一年，到花园嬉玩的时候渐少，学姐姐躲在书房里，谈冰心、张天翼和赵树理。

病中，捧着《西游记》《三国演义》《水浒传》，书籍真的有一种香味。

打从心中喜欢的还是翻译的《伊索寓言》《希腊神话集》等，继之是狄更斯的《大卫·科波菲尔》、雨果的《悲惨世界》，接着是俄国的《卡拉马佐夫兄弟》《战争与和平》，最后连几大册的《约翰·克利斯朵夫》也生吞活剥。

阿叔的书架横木上贴着一行小字，"此书概不出借"，但是对我们姐弟，从来没摇过头。我们也自觉，尽量在第二个星期奉还，要是隔两个星期还没看完，便装病不敢到阿叔家里去。

转眼就要出国，准备琐碎东西忙得昏头昏脑，忘记向阿叔话别就乘船上路。

爸爸的家书中提到阿叔逝世。为生活奔波，我连流眼泪的时间也没有，心中有个问题："阿叔的那些书呢？"

所藏的几万册都是原装第一版本书籍，加上北京大学、清华大学等大学的学报、刊物和各类杂志。五四运动以后出版的，应有尽有，而且还有许多是作家亲自签名赠送的。二十世纪三十年代，在上海出版的三种漫画月刊，也都收集。有些资料，我相信两岸未必那么齐全。

阿叔在南洋代理手揸花三星拔兰地（白兰地）、阿华田、白兰氏鸡精等洋货，他的店铺并没有什么装修，一个门面，楼上是仓库。

在一旁，他有一间小小的办公室，里面除了一个算盘之外，便是一副功夫茶具。薄利多销是他的原则。也许是因为染上文人的气质，他的经营方法已是落后，晚年代理权都落到较他更会谋利的商人手里。

病榻中，阿叔看着他那几个见到印刷品就掉头走的儿女，非常不放心地向爸爸提出和我同样的问题："那些书呢？"

爸爸回答："献给大学生的图书馆吧！"

阿叔点点头，含笑而逝。

少年

蔡澜
活过

我们的邻居是一家福建人，有待我长大后将女儿嫁我之意，所以有任何好吃的，我必先享。

　　代表福建的食物，应该是薄饼。

　　包薄饼是一件盛事，只有在过年做节时才隆重举行。一煮一大锅的菜，连食好几天，越烧越入味。虽然单调，但百吃不厌。如果你吃上瘾，便是半个福建人。

　　它的材料通常都不必太花钱，每一家人都吃得起，不过总是要用一整天工夫去准备，这也是一种乐趣。

　　薄饼皮在街市上买得到，可惜嫌太厚，吃皮就吃个半饱，而且洞多，菜汁容易渗出，又易僵硬，用湿布包得不紧，第二天、第三天就变成碎片。

　　皮最好是自己做，买个三分厚的平底铁锅，以温火均匀烧热擦净，并以油布于周围薄薄地涂一圆圈。将面揉和，顺手抓一面团，迅速地在铁锅上一粘，像魔术师一样变出一张张的薄饼皮。

　　主要原料是大量的包菜、大头菜、荷兰豆、豆干、红萝卜等切丝，加冬菇，温火炒之又炒，尽量不要多汁为原则，炒了一大锅，放在一旁。

另外准备烫熟了的豆芽、芫荽、扁鱼碎（大地鱼碎）等，还有福建人所称的"虎苔"，是一种煎脆了的海草。

那么，我们便能包薄饼了。先将皮张在碟子上，涂了甜面酱或甜酱油，加一点蒜泥，接着用两个汤匙从大锅菜中把菜取出，挤干，不让它有水分，不然皮便会破，将菜铺在皮上。然后加上述的虎苔等，要豪华可加螃蟹肉或虾片，顺手左右两折，再将下边的皮往上一卷，大功告成。

通常一人可以吃上几卷，大小随意，所以要自己包才好吃。好吃辣的人可放辣酱。大食者吃上十几卷也不奇。你如果客气不自动手，那主人一卷卷地肥肥大大为你包好摆在你面前，不吃不好意思。

后来，我并没有当福建女婿，白吃白喝了他家几年，深感歉意。

谢谢他们让我学会讲福建方言，更珍贵的是，了解了福建人吃的文化。

我在思春期中，认识了一个叫歌里雅的，是个卖化妆品的女郎。

她穿粉红色的旗袍在商场中服务，旗袍像是这一行的制服。对南洋的孩子来说，旗袍的开衩，让人充满了性的幻想。

自从见过她之后，我放学即刻换了校服，穿长裤往她工作的地方跑，连电影也不看了。

徘徊了多次，如今也不记得是谁先开了口，约去喝咖啡。

"原来你还在上学。"歌里雅说，"我还以为你已经出来做事了。"

十五岁的我，已身高六英尺，怪不得她有错觉。

"我十八了。"她说，"你多少？"

"也……也一样。"

十八岁，在我眼中已是一个很老很成熟的女人，但我一向对黄毛丫头一点兴趣也没有。刚好，我认为。

"我从马来亚来的。"她说。

"家里的人都住这里？"

"不，只有我一个，租房子住。"

"我有一个同学也是从马来亚来，他家里有钱，买了一栋房子给他住，父母亲不在。我们常在他那里开party（派对），你来不来？"

"好呀。"她笑了，有两个酒窝，我只觉一阵眩晕。她的眼神，就是书上说的媚眼吧？

约好的那天来到，心情莫名紧张。事前其他同学去买食物，开罐头火腿做三明治，我负责调饮品，做punch（宾治）。拿了一个大盆，倒入冰块，切苹果和橙片，再加果汁和汽水，最后添一杯Beefeater（将军金酒）占酒，大汤勺搅了一搅，试一口，好像没什么酒味。punch嘛，本来就不应该有酒味的，但还是决定把整瓶倒进去。

歌里雅乘了的士来到，还是穿着一身旗袍，这次换了件黑色的，显得皮肤更洁白。同学们都投以羡慕的眼光。

跳过几首快节奏的恰恰之后，音乐转为柔和的"Don't Blame Me"（《不要责怪我》），这是大家期待的拥抱时间，我一揽她的腰，是那么细。

她靠在我怀里说："我是一个不会接受'不'字的女子。"

心中牢牢记住这句话。

舞跳至深夜，她走了，什么事都没有发生。

一天，吃过晚饭，在家里温功课时接到她的电话，声音悲怨："你来陪我一下好吗？"

"好。"这种情形我不会说不。

匆忙在笔记簿上写下了她的地址，穿好衣服却忘记了拿，已赶出去。

到她家附近，怎么找也找不到她住在哪里，也没她电话号码，急得直骂自己愚蠢。这时，三楼的阳台上伸出她的头来，我才把额上的汗擦干。

打开门，看到还有泪痕，身上是一件蓝色旗袍。

"我妈叫我回去嫁人，我不回去！"她又流泪。

当然顺理成章地拥抱，亲嘴，抚摸。

躺上了床，一颗一颗铁纽打开的声音，像银铃一样。当年裁缝的旗袍，纽扣特别多。

雪白修长的腿，小得不能再小的底裤，歌里雅的旗袍内并没有胸罩。发现自己的第一次有点笨拙时，我拉开了她的枕头，垫高了她的屁股。这一招是书上看过的，不能给她知道我对这件事的经验还不足。

事过后，歌里雅从我的胸口抬起了头，问："你爱不爱我？"

一说爱的话，她会对我失去兴趣吧？我摇头："不。我们见面不多，怎么能够说得上爱？"

"哼！"她整个人弹了起来，"你肯定你不爱我？"

"不。"我斩钉截铁。

"好。"她大叫，"我死给你看。"

我知道她在开玩笑，穿了衣服走人。

回到家已是深夜一点，大家已经睡了，把花园的铁闸锁上。树丛中有道裂痕，是我的秘密通道，我翻过篱笆爬进去，细步走入睡房，拉起被蒙头大睡。

两点半钟，电话大响。我们都起了身，从来没人那么晚了还打电话来。父亲听了，脸一变，把电话摔在沙发上。姐姐接过来听："什么？吃了多少颗安眠药？喂，喂，你在哪里，喂，喂，喂……"

父亲是文人，面对这种事也感到尴尬，不知道怎么骂我，只有指着我的鼻子："你……你……你。"

好在母亲是一个处变不惊的人，还在呼呼大睡。姐姐承继了妈妈的坚强，镇定地说："我来。"

她把我留在桌子上的记事簿地址撕下，开车出去。

说不紧张也是假的，当晚怎么也睡不着。到了黎明，姐姐回来了，说："不要紧。煮了很浓的咖啡灌她喝，抱着她逼她走几圈，再挖她喉咙，什么都吐了出来。"

雨过天晴，从此一家人再没有提起这件事，直到我长大，出国，在社会做事。

"那个孩子，小时女朋友真多。"父亲向他的老朋友说，还带点自豪。时间，的确能改变一切。

我们家里挂着一幅很大的画，是刘海粟先生的《六牛图》。

"像我们一家。"爸爸常对我说，"你妈和我是那两只老的，生了你们四只小的，转过屁股不望人的那只是你，因为你从来不听管教。"

"你更像一只野马，驯服不了的那一只，宁愿死。"妈妈也常那么骂我。

"他的反抗，是不出声的。"哥哥加了一句。

"没有一间学校关得住他。"姐姐是校长，口中常挂着"学校"两个字。

我自认并不是什么反叛青年，但是不喜欢上学，倒是真的。

我并非觉得学校有什么问题，而是制度不好，老师不好。喜欢的学科，还是喜欢的。

对于学校的记忆，愉快的没有多少。最讨厌的是放假，和放完假又做不完的假期作业。

大楷小楷，为什么一定要逼我们写呢？每次都是到最后几天才画符。大楷还容易，大字小字最好写，画笔少嘛；但那上百页的小楷，就算让你写满一二三，也得写个半死。每次都担心交不出作业而做噩梦。值得吗？我常问自己。有一天，发生了兴趣，一定写得好，为什么学校非强迫我做不可？这种事，后来也证实我没错。

数学也是令我讨厌学校的一个很大的原因。乘数表有用，我一下子学会，但是几何代数，什么sin和cos，学来干吗？我又不想当数学家，一点用处也没有。看到一把计算尺，就知道今后一定有一个机器，一按钮就知道答案，我死也不肯浪费这种时间。

好了，制度有它的一套来管制你：数学不及格，就不能升级。我也有自己的一套来对抗，不升级就不升级，谁怕你？

我那么有把握，都是因为我妈妈是校长。从前学校和学校之间都有人情讲，我妈认识我读的学校的校长，请一顿饭，升了一年。到第二年，校长说不能再帮忙了，妈妈就让我转到另一间她认识的校长的学校去。校长认识校长，是当然的事。

所以我在一个地方读书，都是留学。不，不是留学，而是"流学"，一间学校流到另一间学校去，屈指一算，我流过的学校的确不少。

除了流学，我还喜欢旷课。从小就学会装肚子痛，不肯上学，躲在被窝里看《三国演义》和《水浒传》。当年还没有金庸，否则一定假患癌症。

装病的代价是吃药，一病了，妈就拉我去同济医院后面的"杏生堂"把脉抓药，一大碗一大碗又黑又苦的液体吞进肚里。还好是中药，没什么副作用。

长大了，连病也不装了，干脆逃学去看电影，一看数场，把城市中放映的戏都看干净为止。父亲又是干电影的，我常冒认他的签名开戏票，要看哪一家都行。

校服又是我最讨厌的一种服装。我们已长得那么高大，还要穿短裤上学，上衣有五个铜扣，洗完了穿上一颗颗扣，麻烦到极点。又有一个三角形的徽章，每次都被它的尖角刺痛，还不早点流学？

那么讨厌学校的人，竟然去读两间学校。

早上我上中文学校，下午上英语学校，那是因为我爱看西片，字幕满足不了我，自愿去读英文。但英语学校的美术课老师很差，中文学校的刘抗先生画的粉彩画让我着迷，一有时间就跑到他的画室去学。结果我替一位叫王蕊的同学画的那幅粉彩给学校拿去挂在大堂的墙壁上，数十年后再去找，已看不到。幸好我替弟弟画的那张还在，如今挂在他房间里。

体育更是逼我流学的另一原因，体育课不及格也没的升级。我最不爱做运动，因身高关系，篮球是打得好的，但我也拒绝参加学校的篮球队。

当年还不知道女人因为激素失调，会变成那么古怪的一个人。那个老处女数学老师，是整个学校最惹人憎恶的。

无端端地留堂，事事针对我。我照样不出声，但一脸的瞧不起你又怎么样，使她受不了。

我们一群被她欺负得忍受不住的同学，团结起来，说一定要想办法对付她。

生物课是我们的专长，我们画的细胞分析图光暗分明，又有立体感，都是贴堂作品。老师喜欢我们，解剖动物做标本的工作，当然交给我们去做。

那天刚好有个同学家的狗患病死去，就拿来做标本，用刀把它开膛，先取出内脏，再跑去学校食堂，借了厨房，炒乌冬面一样粗的黄油面，下大量西红柿酱，将这一大包拿回生理课课室，用个塑料袋铺在狗体中，再把样子血淋淋的炒面塞进去。

把狗拖到走廊，我们蹲了下来，等老处女走过时，挖那些像肠子的面来生吞，一口一口吃进肚子，口边沾满红色，瞪着眼睛直望那老处女，像在说下一个轮到你。

老处女吓破了胆，从此不见她上课，我们开心到另外一个老处女来代替她为止。

念完高中之后，我本来对绘画很有兴趣，想去巴黎学画，但我母亲知道我从小嗜酒，要是去了法国一定成为酒鬼，说法国不行，选一个其他地方吧！当年是日本电影的黄金时间，什么石原裕次郎、小林旭的片子看起来都很新、很刺激。我就说不如去日本学电影吧。妈妈说日本也好，至少吃的同样是白米饭，但是她不知道日本有一种叫sake的清酒。

留学

蔡澜 活过

从小就喜欢看电影，在学校时也尽可能逃课，把头埋在戏院中。父亲在邵氏当中文部经理，柜桶藏有一本赠券簿，我一直冒认他的签名，拿去免费看。母亲给的零用钱，也大多数花在看电影上。

当年电影院分国泰和邵氏的天下，我不断地看，一场又一场，但看的多都是好莱坞片子，忍受不了到了一半就唱起歌来的粤语片。

电影院一天放映六场，早上十点半，中午十二点半，下午两点半、五点半，晚上七点半和九点半。到了星期天有早场，一大早八点半开场，周末有午夜场，从十二点放映到半夜三更。

中学时有个同学叫杨毅，家里给他买了一辆士古打，我们上完一两堂课后就不见人影。学校还是要求穿短裤时，我们的书包里总有一条长裤，换上就跑。

有一年发生暴动，马来人和中国人打起来，全城戒严，另一年反英国殖民统治，也闹得没有公共交通工具，我们几个学生就从家里骑脚踏车到市中心去看戏，生活总离不开电影。

到了日本之后，也是每天钻去戏院里。那些年也是日本电影的黄金年代，每年制作几百部。一上映就是两部新片，通常是一部由大明星主演，夹着另一部小制作的，同期放映。他们没有散场的规定，观众只要买一张票子，如果不走出戏院就可以看一整天，当然也没有人傻到那么做，除了我。

一走进去就买了面包，同样的片子看完又看，连续几天，看到对白都能背出来。我的日文，就那么地狱式地学了起来。怎么样都要尽量在短时间内把日语讲好，因为知道父母供我出国不是一件易事。

学校叫"日本大学"，这间大学实在是大，分很多学部，我上的是艺术学部的映画科，校址在江古田区。学了几个月后已知道教的是理论为重，失去兴趣。

一天，接到父亲来信，说六先生指定要我担任邵氏公司的"驻日代表"。

什么叫作"驻日代表"，要做些什么？我一点概念也没有，也硬着头皮说边做边学。

刚到日本的时候，是个年轻小伙子。驻日代表的工作，是负责买日本电影在东南亚放映。我上任的第一天，就接到日活、东宝、松竹、东映和大映五大公司的外国部长之联合请帖，邀我在一家名艺妓屋里吃晚饭。

前一任的驻日本经理是位好好先生，他在办移交手续时已经警告过我这一餐难吃极了。我问说："菜不好吗？"

"第一流的。"他答道，"不过，日本人做生意的手段真不简单，要是你在这一晚上喝醉了出丑，那以后要杀他们的价，怎么开得了口？"

我的心里马上起了一个疙瘩。

我的天，这可阴毒得很，但是年轻气盛，什么龙潭虎穴都要闯一闯。如果不去，也扯不下脸来。

"他们是什么样子的一种人？"我问。

"和他们公司拍的片子一样。"他解释，"松竹多拍文艺爱情片，那公司的外国部长做人较为淳厚，酒量最差。东宝的喜剧和人情味重的电影居多，做人也大派，很幽默，还可以喝几杯。大映注重古装片，刻板一点，但能量不小。日活以时装动作片为主，其外国部长极会喝酒。东映什么片子都拍，最抓不住它的个性，但听同行说，他们的外国部长从来没有醉过。"

好，我有分数。嘴是那么讲，可是这五个人联合起来，便变成一只恐怖的怪兽。怎么对付，我一点主意也没有。听老人家说，绝对不能空肚子去喝酒，否则一定先吃亏。当天下午，赴宴之前，我跑到一家中国餐馆，叫了一碗东坡肉，吃他三大片肥肉。

再洗一个热水澡，换好西装领带，检查一下袜子有没有穿洞，走出门。

前往那家艺妓屋要换两次电车，我从车站外叫了一辆的士，直冲门口。

大门打开，已有数名侍女相迎。我报出姓名，她们客气地带引走过一个小庭园，到达主屋，拉开扇门。侍女为我脱下鞋子，指向二楼。

一条擦得发亮的木楼梯，光光滑滑。我明白他们要看我醉后由楼上滚下来。

上了楼梯，走入大房，五大公司的部长，已经坐在那房间里等候。

他们请我上座，我也不客气。各人寒暄了一会儿，东映的代表拍拍掌，叫侍女上菜。当晚吃的是"怀石料理"，中看，但吃不饱。

来了六个艺妓，每名服侍一人。坐在我身旁的那个脸上涂得白白的，但遮不住她的皱纹。我尊敬她的职业，并没有向她吆三喝四，她亲切地服务。

五人说今晚庆祝我们的友好，不醉不散。我微笑答谢，各敬一杯。

正在想是不是趁他们没有吃东西的时候，先下手为强，让他们多喝一点呢？

东映抢着下了马威，他说："我们日本人习惯空肚子喝，菜只是送酒，最后才吃白饭。蔡先生要不要先吃饱？哈，哈，哈。"

我摇摇头："在罗马，做罗马人做的事。这里是东京。"

日本人饮酒，只是为对方添，本身不主动地为自己加酒。别人敬酒，礼貌上要将杯子提高相迎。我的杯子一空，即刻有人拿酒瓶来敬，不给我停下的机会。

以为松竹的那位绅士酒量不好，哪晓得此君喝了几小瓶，还是面不改色。我真怀疑上任的人给我的情报有没有错误，后来听到他在打嗝，才知道这家伙也是吃了东西，有备而来的。知道这样喝下去我迟早会完蛋，必须改变战略。

"不如喝韩国式的酒吧！"我建议。

什么是韩国式的呢？我说明："那便是我先干杯，把空杯子献给尊敬的人。这个人干了，再把杯子还给我，我再喝完，才能把杯子给人家。不然，就是没有礼貌。"

他们心里一想：这个笨蛋，要是我们五个人都敬他，我们只喝一杯，他却要连喝五杯。

各人都拍手叫好。每一个人干后即把空杯子传了过来，我喝完后并没有把杯子分别还给他们，一个个地摆在松竹代表的面前，连我自己的，一共六杯。松竹只好灌下去，连来两三轮，他摇摇晃晃地倒下。好了，先杀一名。

"不，不，不。这种韩国的饮酒方法不好。"东宝说。"那不如改大杯喝吧。"我回答。他犹豫了一下，点头。

我知道他们除了啤酒之外，不大灌大水杯的清酒，我喝惯白兰地，轻易地连敬他三杯。东宝便呆在那里，自称醉，醉，醉。

其他三人酒量都很好，又习惯饮清酒。我建议换洋酒，他们反正是开公账，都赞同。各人干一大杯后，我把酒瓶抢过来，往自己的酒杯倒了一大杯，不等他们敬，一口气喝下。这一招散手是老师父教下，用来先令敌人震惊的。大映已心怯，又不惯掺酒来喝，干多一杯后也便横卧下来。

坐在我身边的那白脸艺妓对我有母性的同情心，一直问长问短说要不要紧。

我对她摇头，示意已支撑不住。

日活那个大胖子也已有醉意，但还是不倒，我们又互敬了一大杯。

侧过头去，白脸艺妓已经为我倒了一杯颜色似酒的煎茶。我一拿上桌面，向大胖子碰一碰杯，一口气干得一滴不剩。

大胖子已怀疑有诈，但苦无证据，只好喝光他那一杯，但还是唠唠叨叨地抗议我那杯酒到底有没有做过手脚。

我装成生气，抓瓶子再各倒满满的一杯，大声喝"干！"，灌下那一杯。他终于呼呼大睡。我站起来走到洗手间，将含在嘴里的那一大口酒吐掉。

走出来时看到最后的东映代表也要进厕所小便，发觉他坐着喝毫不动声色，但一走起路来便气喘如牛。

他一回来，我叫白脸艺妓抓他跳舞。她了解我的意图，抱着东映团团地转了几圈。东映坐下，已觉头晕。他忽然向我说道："不如回家吧！"我赞成。

两人蹒跚地走到楼梯口，"今晚多谢了"，说完大力在他背上一拍——东映像个足球，直滚下楼梯，全军覆没。

我称赞白脸艺妓是我一生中仅看到的美女，死命搂着她的肩膀，走下那光滑的楼梯。

回家后抱厕大吐，黄水也呕出来，只是没有给人看到。

日本一住下来，朋友多了，同学也不少。

大家都穷困的二十世纪六十年代，食物之中，肉类最贵，我喜欢讲的一段往事是吃咖喱饭。当年自以为是苦行僧，什么花费都得省，到餐厅去一定选吃最便宜的。

食肆不管多小，都有一个玻璃橱窗，摆着各种蜡制的菜，标明价钱。一碟四十日元的荞麦拉面，上面只有几丝紫菜，吃多生厌。看到那碟五十日元的咖喱饭，上面有一块邮票般大的猪肉。好，等到星期六晚上，就吃它。

饭上桌，但是看不到肉，用铁汤匙翻开咖喱浆仔细寻觅，怎么找，也没发现，只有作罢。

在家里拒绝吃的半肥瘦猪肉，来到异乡想吃。以为有点油水才有营养，岂知失望，此事记忆犹新。

我不是一个容易被悲伤打倒之人。没肉吃？想办法呀！走过肉铺，最便宜的就是猪脚。日本人不会吃，一只猪脚二十日元卖给你，花一百六十日元买了十只——店里奉送两只。拿回来红烧。日本人勤劳，已把毛刮得干干净净，冲洗后即能炮制。

那个吃火锅用的巨大锅子又派上用场了，猪脚滚了一会儿后把水倒掉，过冷河，再把水加到盖住猪脚，下酱油和从咖啡室顺手牵羊的糖包煮将起来。

当然加花椒、八角和冰糖最好，但哪有这些材料？

两小时后，一大锅香喷喷的红烧猪蹄即能上桌，大家久未尝肉味，吃得十分开心。请些日本同学回来，照样做给他们吃，更开心。

吃不完的话，翌日再吃。友人来到，奇怪地问："没有冰箱，哪来的猪脚冻？"原来只要打开窗，放在外边就是。同样的问题，夏天的可乐怎么是冰的？放在水龙头下冲，地下水冰冷，水果用的也是一样的方法。

剩下的猪脚汁，焓熟一打鸡蛋放进去再煮，吃得一滴不剩为止。

久而久之，同学们就把我们那间公寓叫为"绿屋厨房"，该餐厅出品还有著名的水饺。在肉店买了一些搅碎的肉，和面铺购入大量水饺皮，一包就是上百个。馅的种类可多，加蒜、韭菜、白菜或高丽菜都行。

那一大锅水滚了，把水饺放进去。浮上，加一碗冷水，再浮，再加。滚三次之后，水饺即熟，捞起来吃，最后在水中加点葱花和酱油当汤喝。

一个叫加藤的同学后来当了和尚。数十年后访港，问他要不要去斋铺。他回答想吃当年我煮给他的水饺，我说有肉呀！他微笑合十："记忆，不是肉。"

也不是每次都成功。结识一些台湾来的女子，她们来绿屋吃过几餐饭，不好意思，把家里寄来的乌鱼子拿来当礼物。我们这些穷小子不知珍贵，拿去煮汤，结果一塌糊涂，腥味冲天，真是暴殄天物。

只好再次邀请她们前来，把这件事告诉了她们，给她们取笑一番。当晚她们留下，我们可没浪费。

滚大锅粥可没失败过。日本人除了鲷鱼之外，其他鱼的头都不吃。到百货公司地下食物部，见职员砍下鱼头后准备扔掉就向他们要，免费奉送。拿回来斩件，用油爆一爆后放进事前煲好的那锅粥中再滚个十几分钟，即成。

用来取暖的煤气炉上放一壶水，滚了沏茶。

一天，同居友人已煲了水，我从外边赶回来，一打开门撞倒了水壶，就那么淋了下来，把我的脚烫熟了，痛入心肺，强忍之下脱掉袜子，那层皮也跟着剥开，露出带血的白肉来。

这下子可好，家里也没有烫伤药，同居的一群人不知如何是好。

"我妈妈说要涂油。"其中一个说，"没有药油用粟米油也可以。"

"不不不。"另一个叫，"我妈妈说酱油才有效。"

他们七嘴八舌议论纷纷，然后不管三七二十一又粟米油又酱油地倒在我脚上。

"又不是猪脚！你们干什么？"我大喊一声，他们才呆住。夜已深，附近诊所关门。也不去什么急救医院，吞了十几颗安眠药想睡睡不着，结果弄得有点迷幻，一边讲故事一边自己哈哈笑，闹至天明。

真是不巧，翌日又接家父电报，说来日本公干，要我去机场迎接。只有硬硬地换了一对新袜子穿上鞋，怕他担心，不能做出一跛一跛的样子。

到了酒店放下行李，父亲忽然说要到绿屋看看，只有带来。想起他喜欢吃鸡，尤其是鸡尾，回家之前到鸡肉店买来煮拿手的大锅粥。

日本的鸡店中看不到全鸡，都是分开来卖：胸是胸，翼是翼，腿是腿。至于鸡屁股，也是洗得干净，排成一排排放在铁盘中。就买它一盘，日本鸡尾肥大，有数十个。

走进屋，家父心酸。还以为他发现了我被烫到，原来是他看到我们住在那么小的地方，有感而发。即刻假装看不到，炮制起粥来。那一大锅鸡屁股，最初几个还觉得好吃，大家拼命添给他，结果弄得老人家一看鸡屁股就怕怕，一生再也不敢碰它。

把家父送回酒店，才把那双已经粘着血肉的袜子勉强脱下，那阵刺痛，至今还记得清楚。

到绿屋来的女友之中，有一个姓关。

日本人的姓氏，和中国人相同的只有"林""吴"和"关"了。"关"字日本发音成Seki，但是我们留学生都叫她阿关。

阿关的特点是皮肤白里透红，这一点对我们来说是一个很大的引诱。两颗大眼睛跳动，看得出人很聪明。个子也不像一般女孩子那么矮，小腿一点也不粗。阿关是很漂亮的。

我们当学生的时候，阿关已经出来做事，虽然大家年纪都差不多。常于上班时间在大久保车站遇到她等车，互望而已，我们都不敢上前搭讪。

终于见得多，打了招呼，说声早安，阿关很客气地微笑鞠躬，但没出声。

最后由一个胆子最大的马来西亚来的同学提起勇气，问道："你叫什么名字？"

她从怀中拿出一支原子笔，在掌心上写了一个"关"字回答，然后搭上车。

同学们议论纷纷："一定是个哑的。"

当年有部叫《哑女情深》的电影，是琼瑶小说改编的，大家都说哑女好呀，不啰唆，样子好看就是。

一天，下大雪。我只穿了一件单薄的雨衣，也不是穷得买不起厚大褛。年轻吧，不在意。

阿关迎面而来，从她的眼神中看得出她的关怀，做了一个"不冷吗"的表情。

"我们去喝杯茶吧。"这句话我顺口说了出来。

阿关点点头，指我的手，我张开，她又用原子笔写下"池袋西武百货，三号电梯，六点"。

依时赴约，不见人。

电梯门打开，第一次听到阿关说话："欢迎光临，地下食品部，一楼化妆品、皮包、首饰，二楼妇人服、各国名牌，三楼绅士服，四楼家庭用品，五楼文具、书籍，六楼园艺工具、插花艺术，七楼餐厅、吃茶室，屋顶儿童游戏。本店一星期营业六日，星期三休息，早上十点开店，晚上六点闭店。"

一口气，阿关把上述句子完全说完，没有停顿过，语言速度之快，是惊人的。

没有其他人，我走进电梯。关了门之后阿关一面开电梯，一面不断解释百货店内的设施。我为她感到职业病的悲哀，一把抱住："不要说了。"

阿关才顿然停下，向我笑了一笑，在我耳边说："请稍等，就下班。"

喝了茶，吃餐饭，就带了她回到住的绿屋，放出红色毛线衣。跟着拉手，接吻，抚摸，一切都那么自然地发展下去。

那个年代也不是特别地开放，只是还有纯真，没那么多戒心，也知道大家要的是什么，为何造作？

日本人的公寓，再小，壁中也有一个储放蒲团的格子。在紧要关头，阿关拉着我挤进去做。我觉得古怪，但在那一刻有什么不肯的？

"地方小，有安全感。"她说。

交往多了，发现阿关还是不太开口说话，但人较以前开朗。我们在绿屋开大食会时，切菜洗碗的工作她都自告奋勇，忙得团团乱转。

看她可怜。"坐下休息一会儿吧。"

"站惯，不累。"她若无其事地说。

在电梯里一天站八小时，当然不累。

绿屋人住得多，来一下后她就回家了，没有过夜。

"我们去箱根旅行吧。"我说。

她高兴得拍掌。

"这次不必躲进蒲团格子里面吧？"到了温泉旅馆，我开玩笑地问。

她摇头，但还是不肯在房间中进行，要我进浴室中，还是那么一句老话："地方小，有安全感。"

只听过有人患封闭恐怖症，不知道有人怕大空间的。为什么阿关喜欢被关，她没说过，我也没问。

睡到半夜，给声音吵醒，是阿关在说梦话："欢迎光临，地下食品部，一楼化妆品、皮包、首饰，二楼妇人服、各国名牌，三楼绅士服……"

我紧紧抱着她："没事的，没事的。"

阿关的声音渐小，喃喃之中再呼呼入睡。

后来，两人也没吵过架，就那么分开。记忆之中我们从来不争论，反正她的话不多，自然而然疏远罢了，各自有男友和女友。

多年后，在东京到纽约的日航机上，空中小姐的皮肤洁白，脸好熟，不是阿关是谁？

阿关也没有特别前来打招呼，我想算了，认什么亲呢？

深夜，大家睡了，香槟喝多，上洗手间。

门还没关上，阿关已经挤了进来。

"要快一点。"她说完即刻拉下底裤。

"还是那么喜欢小的地方？"我笑了出来。

阿关也笑："我不是说过有安全感吗？"

绿屋左边的那间公寓，租了给一对夫妇，男的在一间大公司上班，职位不高，可能因为他本人有点口吃的毛病，女的出来当妈妈生，帮补家计。

住在大久保那一区的女人，多数是所谓的水商，卖Mizu Shyobei，做酒吧或餐厅生意的意思。到了傍晚路上一辆辆的士，乘的都是这些女的，一人一辆，穿了和服不方便搭电车之故，赶着到新宿去开工。有时遇上红灯，走过就看看的士上的女人漂不漂亮，她们也偶尔向我们打打招呼，对本身的行业并不感羞耻。工作嘛，不偷不借。

做学生没有钱泡酒吧，认识她们是经过我们的邻居介绍。日本酒吧很早打烊，十一点多客人赶火车回家，再迟了就要乘的士，路途遥远，车费不菲。隔壁的妈妈生收工回家，酒兴大作，便把我们请去她的公寓，再大喝一轮。

喝得疏狂，又打电话叫其他吧女，七八个女人挤在小客厅中，好不热闹。她丈夫也绝不介意，笑嘻嘻地拿出许多送酒的食物出来，好像在慰问辛苦了一个晚上的太太。

初学日语，甚受这群女人影响，在每一句话的尾部加了一个"wa"。这是女人才用的日语，常被耻笑，后来才更正过来。

被人请得多，不好意思，自己也做些菜拿过去。卤的一大锅猪脚吃完，剩下的汁拿到窗外，下雪，即刻结成冻，将锅底的冻用刀割成一块块，放在碟中拿给那些女人送酒，当然要比鱿鱼丝或花生米好吃得多。她们大赞我们的厨艺，送上来的吻，弄得满脸猪油。

每个女人喝醉了都有个别的习惯，有一个平时不太出声的，忽然变得英语十分流利，抓着我们话家常。另一个比较讨厌的哭个不停。有的拼命拔自己的腿毛，满腿是血。好几名爱脱衣服，比较受我们的欢迎。

离乡背井,我们都把自己当成浪迹江湖的浪子,而这些欢场女子,正如古龙所说,都有点侠气,不工作时对普通男人眼神有点轻蔑,但对我们则像小弟弟,搂搂抱抱。有时乘机一摸,对方说要死了,想干你姐姐?

血气方刚,摸多了就常到绿屋,挂起红色毛线衣,大战三百回合。完事后大家抽根烟,就像打了一场乒乓球,出身汗,互相没有情感的牵挂。

发薪水的那天她们轮流请我们到工作的地方喝酒。新宿歌舞伎町附近酒吧林立,一块块的小招牌用望远镜头拍摄,好像叠在一起。有的很小,只有四五张桌子;有的很大,至少有三十女子上班。

当年的酒吧,酒女绝对没有被客人"就地正法"那么一回事,要经过一番追求,也不一定肯,还有一丁丁的谈恋爱的浪漫。

每个酒女大概拥有七八名熟客,火山孝子一两个星期来一次,十几个酒女加起来就有稳定的生意可做。熟客多了,旁边的酒吧就来叫她们跳槽,一级级升上去,最后由新宿转到银座上班,是最高的荣誉。

熟客来得次数多,就应酬一下,否则追那么久还不到手,只有放弃。

并非每个女的都长得漂亮，起初在客人身边坐下，没什么感觉，但老酒灌下，就愈看愈美。加上这群女人多好学不倦，什么世界大事、地产股票等都由电视和报纸杂志看来，话题自然比家中的黄脸婆多。还有那份要命的柔顺，是很多客人渴望的。

机构中都有些小账可开，这些所谓的交际费是能扣税的，这是刺激贸易聪明绝顶的做法。日本商家的高级职员如果到了月底，连一张餐厅或酒吧的收据都不呈上，便证明这一个月偷懒。因此，整个饮食和酒水事业的巨轮运转，养了不少人，包括我们这群酒女朋友。

日久生情，有个叫茉莉子的已在银座上班，赚个满钵，一身名牌。有一天她告诉我她就快搬离大久保，住进四谷的高级公寓去，上班方便一点。

"我们不如结婚吧。"她提出。

"什么？"我说。

"你也不必再念什么书了。"她抱着我，"留下来，一切由我来负担。"

现在学会做人，当然懂得感谢她的好意，当年年轻气盛，要女人来养，说些什么鬼话？一脚把她踢开。

做学生时当然没钱叫艺妓，她们只存在于小说和电影之中，没想到能够接触。

后来从香港来了一位世伯，有点钱，因语言不通，要我陪着他去箱根浸温泉。这种享受对我们来说也很难得，乐意前往。

新宿车站西。有一列私营的火车，叫"罗曼斯号"，座位透明，可以一面看风景一面吃便当，直通箱根，两小时之内抵达，至今还运行。

泡完温泉换上夕方，坐在靠窗的沙发上喝啤酒。这间旅馆之前和家父来过，父子俩对着青山，每个时段树叶的颜色都起变化，非常幽美。

"叫几个艺妓来吧。"世伯当年也不过四十岁出头，还是有劲的。

"很贵。"我说。

他拍胸口："我请客，别担心钱的事。"

我还是不肯，要了一名。

旅馆餐是在房间内吃的，侍女搬进丰富的食物，正要倒酒时听到一个声音："由我来吧。"

走进一个身穿和服的中年艺妓，样貌普通。世伯对她好像一见钟情，两人对饮起来，又抱又吻，旁若无人。

"小朋友。叫多一个来陪你？"艺妓问。

我还是说不好，但艺妓坚持："她不在这里工作的，是我旧老板的女儿，来箱根度假。"

说完不管三七二十一，拉来个女的，穿普通衣服，没化妆，看起来顺眼。坐在我身边，为我倾酒点烟，手法纯熟。

我指着那艺妓："她说你不是这一行的，怎么学会招呼客人？"

艺妓听到了说："她是置屋之娘，也受过训练。"

置屋，okiya，是安排艺妓生意的地方，今日用语，是艺妓公司。娘，ojosan，老板的女儿的意思。

一杯复一杯，她们两人站起来，拿着扇子跳我们不懂欣赏的日本舞，又叫旅馆搬出乐器，一个打鼓，一个弹三味线，是有点学问。

醉后，她在我身边说："今晚把我留下吧。"

"我只是一个学生。"言下之意，付不起。

"是你陪我，不是我陪你。"她细语。

一早，我们赶火车回东京。艺妓没来，置屋之娘送到车站，化好妆，样子更好看，把电话号码塞在我手上。

之后经常联络，她来绿屋，我把红色毛线衣挂出来。

"我介绍我最好的朋友给你认识。"有一次她说。

吃茶店里出现的是一位美女，身材较为高大。

"她是个冲绳岛人。"她说。

"冲绳女人得罪了你们日本女人啦？"冲绳岛艺妓听到她的语气中有点轻蔑，冲口而出。

"我不是这个意思。"置屋之娘为平息冲绳岛艺妓的怒气，说，"好姐姐，你也没有试过和中国人做的呀，今晚我请他和你来一下。"

"你真坏。"冲绳艺妓撒娇。

又带到绿屋，挂出红色毛线衣。

之后一个又一个。艺妓不能随便和客人睡觉，但大家年轻，都有压抑不住的本能，置屋之娘安排她们来找我。

下雪。过年。

电话响，是她的声音："我爸爸妈妈到夏威夷去晒太阳，明晚你到我们的置屋来吧，大家都等你。"

"不必上班吗？"我问。

"除夕客人都在家陪儿女看红白合唱大战，哪会出来叫艺妓？"她说。

从新宿坐火车到御茶之水，再走路到神乐町去。神乐町的料亭最多，自古以来是艺妓的集中地。置屋是间木造的旧式房子，两层楼。

大厅中间生了炭火，由天井挂下一个铁钩，煮了一大锅海鲜。众女人开了一公斤一瓶的清酒，也不烫热，就那么传来传去吹喇叭喝，一瓶又一瓶，榻榻米上躺着不少酒的尸体。

冲绳艺妓一身传统冲绳服装走下来，这是平时不准穿的，今晚她特别自傲，拿了三味线独奏。冲绳的三味线节奏强烈，和日本柔和的音乐风格不同，铮铮有声，听得我入神。置屋之娘不服输，也拿出三味线来，弹出节奏更强烈的曲子，两人愈弹愈疯狂，后来把三味线扔开，打起架来。

女人打架比较好看，不拳来脚往鼻青脸肿，而是互相撕头发和衣服，扯得长发披散，袒胸露背。

冲绳艺妓凶猛，压得置屋之娘呼吸不了时，我大叫一声："冲绳岛名胜有个横匾，写着礼仪之邦！"

一下子停了手。各女人又吹喇叭去了。

"我不知道日本的三味线也可以那么剧烈。"我说。

"那是一个叫轻津的地方的演奏方法。"

"你怎么也学会的？"

"我本性刚烈，很喜欢。"

"刚烈的女人占有欲强，你怎把我分给其他人？"

置屋之娘紧紧抱着我："置屋的责任，就是替人安排的嘛。"

我第一次去韩国，与电影无关，那是做学生时的暑假旅行，从东京飞去，抵达的金浦机场，还是简陋的木造的建筑。

印象实在太好，接着我也从九州岛的小仓乘船渡海，抵达釜山，从釜山坐火车，一个站停一两天，一直玩到汉城（现称首尔），再飞回东京。

数十年前的汉城，是一个极贫穷的都市，比起东京，路上行人的衣着还是破烂的。街头巷尾有修理雨伞骨的。尼龙丝袜，穿了洞还一针一线缝补。很多小贩在叫卖。印象深的是一个穿着传统韩式服装的老人，把晒干的黄鱼用麻绳穿着，绑在身上。你看中了他就拔一尾卖给你，是个活动的摊子。

洋烟禁止入口，政府派出专员，一嗅到不是韩产的烟叶味道，即刻抓人，我们称之为"香烟狗"。

汉城的山丘都光秃秃的，树木很少，所以政府不许人民用即用即弃的木筷子。冲进餐厅，要是找到一对，就罚停业一天。如果看到餐厅供应白米饭，也要罚的。当年产量不够，一定要掺小米和粟类杂粮，才可以炊饭。黄黄赤赤，难于咽口。

华侨做的生意大部分都是开馆子，炸酱面韩国人最爱吃，他们认为中华料理是所有餐厅最便宜的，放心光顾。面是现叫现拉的，一下单，即刻听到厨房传来砰砰的打面团声音。上桌一看，没有什么肉碎，净是黑色的酱，有些黄瓜丝已是上品。华侨山东人居多，做的面很地道。当今去山东也吃不到这种正宗的炸酱面，但韩国的中国馆中还卖，下次你去试试看，真是好吃。

朝鲜战争结束不久，动乱之后，勇士们到哪里去了？出来挣钱养家的，永远是生命力最坚强的女人。

在明洞区的半岛酒店（Bando Hotel）前面，到了晚上，有三百到五百个女人麇集，美的不少，像个夜市场，蔚为奇观。半岛酒店经过一次大火，已拆除，目前屹立着的乐天酒店（Lotte Hotel）就是它的旧址。附近的仁川，有个山头布满弯弯曲曲的小巷，里面每一间房都是独立的妓寨，加起来有千多户之多。亲眼看过，此言不虚。

到韩国游览的外国人当然不必光顾这群花街女郎，因为当年韩国还有戒严制度，到了半夜十二点，街上如果有行人，宪兵可以随时枪毙，实在恐怖得很。女人出来玩，一到十一点多找不到交通工具，就得徘徊在观光酒店大堂，看到男人就要求让她们在旅馆中住上一宵，代价是什么，大家心知肚明。

汉城去得多，变成识途老马，再想玩下去的话，有一个叫"蓝天堂"的夜总会开到凌晨三四点。你只要租一辆宪兵用的吉普车就能接送。夜总会中有乐队伴奏，跳《乐与怒》，真人乐队终会疲倦，慢歌就出现，是拥抱的时间了。

大概是因生活习惯和饮食的营养吧，住东京的时候，看到的女人，腰长腿短，丑的居多。到了韩国，完全不同。韩国女人，至今还是全亚洲最漂亮的，许多日本女星都是韩籍，用日本名字罢了。

怎么判断一个地方女人美不美呢？很容易，上街，到酒店、百货公司走走，一个小时之内数一数，在汉城能遇到四五个美女，台湾两三个，香港一个左右吧，不过香港女人很会穿衣服，错觉上还是过得去。至于日本，逛上三小时，也看不到一个。当然，现在不跪榻榻米，又喝很多牛奶，吃很多面包，日本女人身材好的，比以前多得多。

印象中的韩国总是女人多，这也是事实。出生率是男的低，又加上当兵死去的，当年的比例是六个女人对四个男子吧。

女人一多，男人就作威作福了，街上男人对女子拳脚交加的例子屡见不鲜。这种情形之下，香港去的男子，可真是值钱了。

在韩国女子的眼光中，香港人比当地华侨优秀，当然没有韩国男人那么粗鲁。当年盛传韩国女人晚上会替你洗袜子，再挂起来第二天干了为你穿上。这个经验我没有过，但是半夜起身，看她们得意地看着你，倒是真事。有时，感觉到有人抚摸你的面颊，张开眼就看到她们微笑。这大概是中国北方的男子邂逅苏州姑娘的反应吧。彬彬有礼和白皙的皮肤，是难以抗拒的。

在那个天真的年代，韩国女人敢作敢为，对男人的性要求开放得较东南亚国家早，唯一的尴尬是她们一喜欢上你，即刻像洋人叫达令那么"Yabo，Yabo"地在进行中大声喊出来。当年的建筑物墙很薄，酒店之内，通宵达旦地传出爱的呻吟。

之后，因私人旅行和公司业务，我去韩国的次数，算了一算，至少上百回。

最初当学生，储蓄了些打散工赚的钱，就往韩国跑。有一次到一个乡下，外面下雪，旅馆的女服务生面颊如苹果一般粉红，很体贴地为我安排在房间内吃韩国菜，递毛巾、倾酒。我手头阔绰，打赏了两千日元，她还即刻要脱衣服，把我吓了一跳。

从火车厢望出，山上的松树和古庙，有如中国水墨画。韩国经济起飞的今天，女人也许变成了野蛮女友，但是风景依然，令人向往。

当年我在邵氏做事，电影剧本一写到雪景，第一个想到的地方是日本。制作成本较低的戏，就去韩国。又因为韩国的制作公司负责人多数会说日语，谈判起来方便，凡是去韩国拍外景的电影都由我负责。

和邵氏相等地位的申氏公司，拥有一个巨大的摄影厂，在一个叫安养的地方，也开设像南国剧团一样的演员训练班，美女无数，我常去那里选新人来拍戏。

在电影的黄金年代，日本有东宝、东映、大映、松竹和日活五大公司。韩国的申氏，加上中国香港的邵氏组织的亚洲影展，是每年一度的盛事。

我还年轻，没人认识我。第一次参加影展是以影评家身份，代表新加坡去评审，其实是卧底，分数当然是给香港电影。

影展中认识了申相玉，因为他也是留日的，与我一见如故，无所不谈。后来才知道他就是申氏公司的大老板，二十几岁就当导演，拍过无数得奖戏，被誉为影坛金童子，又与最红的女演员崔银姬结婚，为韩国电影最重要的人物。他们夫妇被朝鲜金正日绑票，此为后话。

申相玉一来东京或香港，必由我当翻译处理电影上的业务，我们谈完了去中国餐厅大吃大喝，成为最好的朋友。我一到汉城，他必派车子接送。晚上，我们去伎生屋。

所谓的伎生屋，就像日本的艺妓馆，他和一班手下身旁都有个如花似玉的女人，我坐主客位，但是陪着我的那个相貌平凡。

韩国美女的面容，有代表性的也和现在当红的那三个一样：楚楚可怜的孙艺珍，带点邪气的宋慧乔和野猫型的全智贤。我的那个鹅蛋脸，典型的韩国古典味，也许他们看来顺眼，我就觉得其他那三种型比较好。

当年美女多，从香港去的武师一人身边一个，都长得漂亮。有的还娶回来，像洪金宝的前妻，也是大美人一个，但偏偏身边的这个伎生不怎样。

"我们来伎生屋，无醉不归。"申相玉说，"如果今晚你不喝醉，我就翻桌子不付账。"

身边那个伎生开始向我敬酒，先用小杯喝日本清酒，接着换中杯，来大杯，后来干脆把盛人参鸡汤的大碗拿来装酒。我年轻气盛，干就干，没把我喝倒。

大家都是一肚子酒的时候，那伎生突然站起，腰绑大鼓，双掌拍之，舞将起来，转身又转身，愈来愈快，侍者抬出一排十二个的大鼓，像一座墙，那伎生打完腰间的鼓，又仰身弯腰打后面的，十二个鼓轮流击之，身轻如燕。在最剧烈的舞步中，她忽然终止，躺在我怀里，胸部一起一伏喘气。

韩国女人传统服的特色在裙子大，上身衣服小，把胸部绑得又紧又平，绝对不给你看到身材。此时由她身上传来的，是一股本能的动物求爱味道，不可抗拒。

还没来伎生屋之前，已经有人告诉过我，伎生是陪酒不过夜的，我知道没有希望，当然不摆出急猴相，只是慢慢地一击一击拍出掌声，其他人也跟着热烈拍手。

装成大醉，申相玉高兴地派车子送我回酒店。

刚要入眠，门铃响了，从窥镜一看，是个长发少女。

进房，她微笑，说了一口流利的英语："我是韩国最好的舞蹈员，常派去外国表演，学了几句英文。"

"这不合伎生的规矩呢！"我知道她知道我在说些什么。

"伎生不可以陪客人睡觉。"她说，"我不是伎生，今晚申先生吩咐我来客串的，但也要我自己喜欢。"

再下去的事也不必细诉了。她成了我的女友，常带我到街边吃那种手榴弹式的海鞘（hoya）刺身。有时，她也把我带回家去。和中国人一样，丈母娘看女婿，愈看愈可爱，她妈妈把家里的菜全部搬出来，堆满了餐桌，三天三夜都吃不完。烤肉上了，有个龟背的铜鼎，我夹了一片肉在上面烤。"Annya（不是）！"她说完把整碟的牛肉倒在鼎上，吃得豪迈。

我发现韩国女人不像日本女人那么跪，她们总喜欢跷起一条腿，另一条平放着坐，是观音像中常有的姿态。

而且韩国女人吃东西，用筷子时是夹着给男人的，自己吃时单用一支汤匙，从龟背鼎的汤沟中舀出肉汁，淋在白饭上，狼吞虎咽。

做爱，韩女和吃东西一样强烈，总是大叫："Yabo，Pari，Pari！"每一个国家的语言，一叫起"快点"，都重复"快"那个字眼。又学会一句韩国话。

和那伎生交往了一段日子，偶尔她会带我到汉江去，岸边停泊着几条小艇，我们租了，船夫便撑到江中，点了蜡烛，用一个纸杯穿个洞当灯罩套上。

船夫跟着扑通一声跳下水，游到岸上，耐心等待。我们在艇中大战三百回合后，穿回衣服，吹熄蜡烛。船夫又扑通一声跳下水，游到船上撑艇送我们回来。

这时申相玉拍的《红色飞行围巾》卖座，大破纪录，主题曲韩国人人会唱，片子也卖了给松竹，成为战后第一部在日本上映的韩国电影。

他来日本的次数渐多，我当年派往日本，又和他在东京大吃大喝，谈他以后进军好莱坞的梦想。

和香港片方合作的机会也多了，拍了《妲己》等电影。《观世音》一片，中国版女主角由李丽华主演，韩国版是崔银姬。

后来邵氏也来韩国招请导演，像拍动作片《天下第一拳》的郑昌和等人，文艺片导演则请了当红的金洙容，他拍了何莉莉主演的《雨中花》。我去韩国的机会一大把，和那伎生打得火热，她穿起洋装愈来愈好看，身材腰短腿长，言语又通。但到了论起婚嫁，又不是一个为事业着想的年轻人肯做的事，拖拖拉拉之下分了手。

我孤独地到济州岛旅行，当年那里还是个偏僻的渔村。海边有许多小艇，穿着白色薄衣的年轻海女们招徕声不绝。登上一艘，划到海中，两个海女轮流潜进海挖出一头大的鲍鱼，用铁棒把肉打烂后又在火上烤，淋上酱油，香味扑鼻，再倒韩国土炮马加利给你喝，大醉之后躺在她们的大腿上午睡。此情此景，不复。

我们去韩国出外景，申相玉总让我用他的老班底，是一群从《红色飞行围巾》以来一直合作的人才，他们可以不休不眠地为我克服一切困难，我从来没有见过那么勤劳的工作人员。

对于女演员，我当监制的原则是不碰的，一碰麻烦诸多，但工作人员之间，一久了就会产生情感，其中有一位负责服装的女子脸色晶莹，肤光如雪，清丽绝俗。

不过在工作期间搞男女关系，对我来说总有禁忌，我欣赏她有韩国女人的坚强，爬上雪山时她为摄影组抬铁轨。韩国人习惯上是不喝茶的，不知道她是从哪里找到的铁观音，在休息时给我献上一杯。

一直保持着笑容，我从来没有听过她诉苦。由摄影师那里听到她的身世，是个寡妇。她先生最初当编剧，一直跟随申相玉，后来申相玉让他当导演，第一部戏票房惨败，第二部也不卖钱，他自感不能报答申相玉给他的恩惠，自杀了。

"他从来没有打过我。样子长得和你很像。"一次在杀青宴上她喝了几杯，躺在我怀中说。

"你还年轻，没有男朋友吗？"我以日语问她，她是东京艺术学院毕业的。

"我的爱，枯干了。"她没哭。

我不知道怎么安慰她，拍拍她的肩算数。

后来我们又合作了多部戏，当年的雪岳山还是穷乡僻壤，并非今天的滑雪度假胜地。我们的食物只限于金渍煮汤泡饭，已经很久没吃过新鲜蔬菜。这女人有天晚上出去，第二天拿回几条青瓜给我。

"偷来的，当水果吧。"她说完，头也没回地走开。

其他工作人员看到了都取笑她，我也避免令她尴尬，之后见面谈的都是公事。

对数目字我的记忆力不好，但是现场中的一东一西我都能记得，有一天拍到打伤男主角的戏，导演大喊："血浆呢？血浆呢？"

大家找来找去找不到，我就记得是摆在河对面的树下，一下子跨水过河去拿。交到化妆师手里时，我才感到双脚已经麻痹了。

原来雪岳山融冰后的水是零下几十度，见我的脚发僵，她赶快替我脱掉鞋子，除了袜，拼命用手去搓我的双脚。

"不这样做，会生冻疮的。"她说完拉开毛线衣，把我的脚放进她丰满的胸口。我心中一荡，禁不住往她羞涩的脸望去。

韩国女人性情的刚烈，到处可见。在寻常中常看到她们吵架，有些还互相揪发厮打。在汉江旁边的沙滩上，从前还设有很多很大的秋千，女人穿着传统的大裙子在树上打，飞扬起来煞是好看，但愈打愈剧烈，飞高半天也不怕，是男人不敢做的事。

从这个女人的眼神中，我看到无限的温柔。

一切发乎情止乎礼，我们再也没有身体上的接触，虽然大家都暗恋着对方，像一部婆婆妈妈的电影。

事经数年，一天，在香港的办公室中接到她的电话。

"还拍电影？"我问。

"不。我把储蓄用来开一家时装店，现在来香港办货，变成老板娘了。"

身份平等，再也不是上司与下属，我冲到她的酒店，"Yabo，Yabo"的叫声不绝，好在当今的旅馆墙壁，已不是从前那么薄，不会扰人清梦了。

在日本半工半读的时候，正是青春热血的时候，时间都花在学习与玩乐上，没什么时间伤春悲秋，然而偶尔还是会思念家人。

与父亲通信不断，从信里得悉家人近况，是最大的安慰，但心里，最思念的是"奶母"。

那时候弟弟还未出生，我一有记忆，是家族除了爸妈、哥姐之外，还有一位很重要的成员，那便是奶妈。

奶妈，我们潮州话叫"奶母"，姓廖，名蜜，没有人知道，也没有人叫过，家里友人都跟着我们叫奶母。

奶母样子平庸，也因为平庸，令她逃过一劫，这是后话。她从不对我们隐瞒身世，乡下人之故，不太会撒谎。

为什么会来到我们家？奶母虽是乡下人，个性却是非常刚烈的，被双亲安排嫁了一个大少，但大少从小无所事事，只学会了抽鸦片。奶母未受过教育，但好坏分明，知道什么是好，什么是坏，而抽鸦片，是坏的。

怀了孕，她不断地劝丈夫戒掉恶习，但丈夫屡劝不听，她向丈夫说："如果再不听，就不能阻止我要做的事。"

你要做什么事，离家出走吗，一个怀孕的女人？她的忠言不被接受，儿子生了下来，奶母想了又想，最后，抱着他，走到厨房，在灶下扒了一手灰，掩向儿子的口。

"长大了反正也是和父亲一样成为毒虫，没用。"她说。

祸闯大了，她漏夜收拾两三件衣服，便逃到了城里，碰巧我妈妈生了姐姐，奶水不足，便请了她。这一来，她跟了我们家几十年。

家母接着生哥哥，但他没有吃过奶母的奶，我也当然没有吃过，但我们都叫她奶母。

后来，我们一家过番，到了南洋，问她要不要跟。她无亲无故，也就跟了过来。

从此家中一切大小事都交了给她。奶母什么琐碎工作都做，当然包括煮食，在大家庭生活过，烧得一手好菜。妈妈也好此道，两位我生命中最重要的女性，在厨房中忙得团团转，超出了雇主和仆人的关系。

最记得奶母的一道菜，是炸肉饼，当年奶母已学会用猪颈肉，切得薄薄的一片片，再拿英国苏打饼干，蓝花铁盒的Jacob's Biscuits，在石臼中舂碎。肉片蘸蛋浆，铺在饼碎上后炸。

小孩子哪会不喜欢油炸东西，哥哥一吃十几片。

奶母什么都会做，就从来不做粥，稀饭是吃不饱的，这是乡下人的说法，所以一向只做饭，一大早就做，捏成饭团，交给哥哥拿去学校，赶时间在途中吃。

日本人侵占新加坡，奶母跟着父母逃难，躲在马来小村，但也得有补给。奶母大胆地出去购物，归途遇日本宪兵检查，摸了摸她的裤裆，也因样貌平庸，没下手。奶母时常把这可怕的经历告诉我们。小孩子，不懂，听了之后只觉滑稽，笑了出来。

奶母从此也没有被男人碰过，除了当年十岁的我。每天的家务做得腰酸，睡觉前叫我替她在背上涂药，记得她的姿态是美好的，尤其在她梳头时。

一头长发，扎了一个整齐的髻。和别的女人不同，每天要洗，用的是一块块的茶饼，那是榨完茶籽油后的剩余物，是最原始的洗发精。茶饼掰下一块，浸着水，就能用了。

爱干净的习惯令她的工作加重，每天都把我们一家大小的衣服洗得洁白，内衣也要熨平，由此双手手指缝中脱皮，甚至痕痒，晚上也由我替她搽药水才能入睡。

搬到后港的大屋中后，工作更为繁忙，巨宅窗户最多，每天打开关闭都有几十扇。奶母从不抱怨，默默地动手。家父又喜种花种草，浇水的事也交了给她。

不记得是什么时候开始，家中养了一只长毛大狗，站起来有人那么高，名叫Lucky（幸运），连狗粮的事也要她做了，最初Lucky很听话，会与我们握手，扔了东西也叼回来，但是，忽然有一天发了狂，把奶母咬伤，进了医院。奶母身体非常健康，这么多年来，是第一次到医院去。

年轻的我，也应该受了奶母的影响，爱憎分明，个性强烈，疾恶如仇。这么一只畜生，竟敢咬伤我心爱的女人！当年枪械管制宽松，我们家有一管霰弹猎枪，我装上子弹，往Lucky开了一枪。那么大的狗飞了出去，只见变成一块扁平的皮，拖出花园埋了！

在学校，我和几个坏同学学会了抽烟。晚上看书，看通宵，烟灰碟塞满了烟头，不知往哪里放，就藏在床下。翌日只见洗刷了，又放回床下，奶母没向父母告密。

思春期到了，人生第一次梦遗，底裤沾满精液，也不知往哪里放，当然又是床下。翌日，不见了，又被洗得干净，而且熨平，放回衣柜。

是出国的时候了，我当然怀念父母和家人，也只知没有了奶母，再也吃不到那些美味的炸肉饼，日子怎么过？但是当年，已抱着苦行僧的心态。年轻人吃苦是应该的，不顾一切，往前闯！

那时候的留学生哪有一年回来一趟的奢侈？一出去就是漫长的岁月，和父亲通信的习惯是养成了的，家书不断，但没有听到家人提起奶母的消息。

后来才明白家人怕影响我的学业，没有把奶母去世的消息讲给我听，当然无法奔丧。大丈夫嘛，有什么忍受不了的？但是，晚上梦到奶母，偷偷哭泣。

这么多年来，我还是，偷偷哭泣。

邵氏

蔡瀾
活过

说回工作，担任邵氏电影的"驻日代表"，其中一项工作是管理邵氏电影的冲印质量。当年的彩色冲印都要在一个叫"东洋映像所"的地方进行。香港拍好的底片先寄来冲洗，再印出黑白片，当时叫为"毛片"，寄回香港。剪接师把毛片剪好，把上了对白片和音乐的声片寄回东洋映像所，这边的技师把彩色底片按照香港的毛片剪了，加上声片、底片、字幕底片，一共三条，印出的电影，才叫"拷贝"。

寄来寄去，当然有时会出错，例如影像和声片对错，术语叫"不对口形"，字幕出现时和主角们讲的不一致，等等等等，最主要的还有彩色冲印得漂不漂亮，都要一一检查。

通常一部电影要印十几个拷贝，卖座的要印几十到一百多个，分别送到各国的戏院放映。

这个工作让别人管，看一次就够了，但轮到认真的我，一点差错也要怪自己半天，所以每个拷贝都要看一次，看得滚瓜烂熟。虽然冗闷，但是剪接的基本功因此非常稳扎稳打。

另一个重要的任务，是购买日本电影到香港和东南亚放映，所以要尽量看。每次新电影都要去看试片，在这期间和日本五大公司的关系打得很好，因为我代表买家，他们对我也很尊重。

还有数不完的琐碎工作，像拍动作片嘛，一定要用假血浆，当年也只有日本做得好，不但颜色像，还要好吃，大明星们含在口中喷出来才不会觉得恶心，都是从日本运去。其他道具，像喷火的枪械也全部代为购买。

好玩的是电影明星，需要整容的话，都得服务。因此和日本最出名的"十仁病院"关系搞得最熟，每年都会给他们很多生意。院长说要回报我，打量了我老半天说："你的下巴太短，不如送一个下巴给你！"

我听完把他赶走。

至于为什么会成为邵氏"驻日代表"，还得从第一次与六先生见面说起。

我第一次见到六先生，是在他的生日宴会上。三先生为弟弟开了一个小型的派对，请了些同事，我父亲是座上客，也把我带了去。

记得我大概是十四五岁吧，年轻人总是望快点长大，留了些胡毛，唇上有一八字胡。六先生看到了，笑着说："我几十岁的人，还没有胡子，你倒留了不少。"

"长大了一定剃掉。"我回答。大概是当时留给六先生一个好印象，他一直记得我这个晚辈，后来得知我在日本留学，想起了就跟家父说："人既然在日本了，不如替我做些事。"

"驻日代表"就因此而起。

我生于小康之家，一直不想父母为我的学费负担，有这个机会，欣然接受。

最初做这个工作什么都不懂，先是负责六先生和他家人来东京时的翻译。六先生很喜欢吃日本东西，尤其是铁板烧，在银座附近有一间叫"Misono"的餐厅，是他的最爱，好像百食不厌。

住的是帝国酒店，当年还有Frank Lloyd Wright（弗兰克·劳埃德·赖特）设计的旧翼，由火山石搭成。六先生和酒店经理的关系良好，一到了就买两瓶黑牌尊尼获加威士忌送他；当年能够喝到红牌已是大事，有黑牌已是最高级别的礼物。经理有个姓氏，中国人听到总会大笑，叫"犬养"。什么？是狗养的？

通常六先生是单身来的，有时也带家人。他的太太身材肥胖，是位很仁慈的女士，我们都叫她六婶。六先生很会看人的眼神，指着六婶，说："我很瘦，命中属木；六婶她，属土。两人配得刚好，哈哈哈。"

六先生身为巨富，但还是很节省，没住什么总统套房，有时只住双人房，有时来间小套房。一进房间，第一件事就是把衣服挂好，要住几天就带多少套西装，料子都是最贵的丝质布料，人们叫为"四季装"的，春夏秋冬都可以穿；他的内衣内裤也是订制，全部是用丝绸做的。

吃的也不全是大鱼大肉。他常向我说："你吃什么，我就吃什么，带我去就是。"

有一次吃厌了酒店中的早餐，要我带他去街边吃。火车桥下有一档卖牛杂的，非常美味，就和他去了。看他吃得津津有味时，火车从头顶经过，轰隆作响，架子上的碗碟被震得落下一个，刚好掉在那一大锅牛杂里面，汤汁溅得他全身都是。

这时他也没生气，只是皱皱眉头，也不怪我，轻声说："人家不是故意的。"

偶尔三先生也来东京与弟弟会面，开了另一间可以打通的小套房，两人一聊，就谈到天亮，临睡前打电话告诉我翌日不出门了。

三先生带着太太，我们都叫她三婶。她样子端庄，可以看得出年轻时很漂亮，我从来没看过那么一位友善的女士。

在这期间，我第一次遇到方逸华，我们都叫她方小姐。方小姐不算漂亮，第一个印象是她的嘴巴很大。后来我遇到何莉莉的妈妈，她从来不叫方小姐，只是竖起拇指和食指，放在嘴边。

方小姐在东京时对我客客气气，我当然也很尊重她。她和六先生很少同时抵达东京，总是一先一后，多数是先和她的男朋友——一位又白又胖的年轻人，是位菲律宾华侨，祖籍福建——抵达。有时我们用闽南话交谈，他没有中文名字，英文名是Jimmy Pascal（吉米·帕斯卡）。我们都是年轻人，很谈得来。

Jimmy和方小姐住了一阵子，等到六先生来到，就搬出去。临走之前他们三人还一齐吃饭，有说有笑。我一直没有搞清楚这种关系，后来有一次家父来了东京，我们聊起。

"六先生是怎么认识方小姐的？"我禁不住好奇。

爸爸说："方小姐最初是一个魔术师的助手，人年轻，身材又好。很快地，两人好投缘，在六先生的栽培之下，方小姐学习演唱，当了歌星。"

"她男朋友呢？六先生怎么能容忍？"

"有许多人与人之间的关系是很复杂的，六先生容人之量最大，你以后便会慢慢地了解。"父亲说。

这一点，我后来果然觉察。当年六先生一直培植李翰祥，李翰祥却背叛了他自己出去搞国联公司，到台湾拍戏，和六先生打对头。后来没有成功，在走投无路时回到香港，托人向六先生求情，六先生爱才，原谅了他。当时方小姐已坐镇，大力反对，但六先生没听她的，让李翰祥回来，拍了一连串卖座的电影。这时爸爸告诉我的关于六先生的容人之量的话，我才开始了解。

六先生是非常尊重有才华的工作者的。据说李翰祥还没离开之前，对六先生也不太客气，这些六先生都忍了下来。这种量，不是常人能够做到的。

六先生一向教导我："如果你喜欢电影，就得想办法不要离开它，黄梅调不卖钱了拍功夫片，功夫片不卖钱了拍风月片。主要是卖钱才能生存，没有对和不对。"

邵氏公司的日本办公室位于东京的八重洲，可以从东京车站步行过来，十多分钟便能抵达；更近的是乘地铁，京桥站下车，一下子就到。

躲在一条小巷中，走上二楼，就是我工作了近七年的地方，面积小得不行，只有四百平方英尺左右，放了四张办公桌。

职员除了我，就是秘书市川荣小姐，我的助手是留学时的同学王立山，他是出生于韩国的山东人。后来业务渐忙，请了来自台湾的王晓青，四个人乐融融地替邵氏公司做了不少事。

那时主要做的是由杂务转向制作工作，香港的外景队到来日本拍摄，我们都得安排。从什么都不懂到认真地招聘摄影队，一点一滴，从头学起。

最先是简单的拍摄，几天到几个星期，负责的第一部是《飞天女郎》（1967），由岳华、方盈和罗烈主演，导演是中平康。当年他拍的《疯狂的果实》（1956）在日本大卖特卖，是部新潮电影。后来因酗酒，他在日本的工作渐少，六先生看中他的才华，聘请他来港拍戏。

这是一个马戏团的故事，香港没有马戏团，就请了日本最著名的"木下马戏团"来做背景。当时木下的大本营在日本的千叶县，当年还是一个很乡下、很落后的地区。

岳华先到，他是一位读书较多的年轻人，在上海出生，在那边学声乐，来港后参加了邵氏的演员训练班。这是六先生想出来的主意，他说为什么要受大明星控制？为什么老是要付那么多钱请他们？为什么自己不能训练一班青年人，把他们培育成下一代的大明星？

训练班由顾文宗先生主持。早年他来过南洋，和家父私交甚笃，没地方住就住在我家里，常告诉我一些电影人的故事，我最爱听了。他本身也做过演员和导演，脾气可大，拍外景要等天晴，天晴了还要等云朵飘到最适当的位置，后来当然不合时宜了，就任起这个训练新人的职位来。

训练班叫"南国"。和岳华同期的是郑佩佩等，他们两人都讲上海话，最谈得来。当时的年轻人都抱着满腔热血，希望为电影做一番大事业。

外景拍摄收工后，岳华和我也一直谈个没完没了。大家的酒量都不错，买了一箱箱的啤酒大喝特喝，啤酒喝多了没什么反应，就喝起威士忌来。最便宜的叫Suntory Red（三得利红瓶），是双瓶装的，有一点五公斤，干了才有些酒意。

喝酒没有配菜，三更半夜也没消夜吃，就在冰箱中找到了一根当早餐的酱萝卜，橙黄颜色，又咸又甜。本来是切成一片片送饭的，但旅馆中三更半夜哪里去找刀来切？就把啤酒盖当成利器，锯开长条的酱萝卜，你一口我一口地那么送酒。岳华多年后还一直记得这件事。

喝酒喝到三更半夜，突然听到"砰砰砰"的巨响，怎么回事？酒店的工作人员也都睡了，我们就跑到楼下去看个究竟，原来是有人在大力踢铁闸。

打开一看，站着个身材高挑的女孩子，是方盈。公司叫她一个人搭了飞机来到东京，说有人来接，但是当年的telex（电传）不灵通，常误事，我们都没收到信息。

她只身从香港飞到羽田机场，指手画脚地把地址给遇到的人看，又鸡同鸭讲地搭了电车，又搭巴士，再乘的士，最后抵达外景队住的旅馆。

看到了我们，她才抱着岳华痛哭一番。想想，才十七八岁，当今的女孩子一定没有她那种胆识，一个人找上门；到了按门铃又没有反应，急起来不管三七二十一地踢门。我最记得她穿的是一对白色的长筒靴，在二十世纪六十年代最为流行。看到她的白靴因走路走到满是泥泞，因此我对方盈的印象特别好。

方盈后来也没有大红大紫，可能是因个性问题。她有她个人的思想，不懂得表现出来，可惜在后期患了一个怪病，可能是类固醇打得太多，脸上起了凹凹凸凸的肿块。不能当演员之后，她因为看了很多美术方面的书，对美学很有研究，就当起美术指导来。我后来在嘉禾工作，也与她合作了不少电影，她也提名过香港金像奖的"最佳美术指导"。可惜她在二〇一〇年一月十三日因胰脏癌逝世，终年六十二岁。

导演中平康连续为邵氏拍了好几部片子。在晚年他已对艺术不再抱有希望，来了香港拍的戏，都是他旧作的翻版；因为不想影响到年轻时的英名，改了一个中文名字，叫杨树希。

另外在日本拍外景的是《狂恋诗》（1968），重拍自《疯狂的果实》。背景是一个游艇会，当年香港还没流行这一套有闲阶级的玩意儿，就得到日本的叶山地区拍摄。

由香港先到来的是金汉和胡燕妮，他们最喜吃日本菜了，尤其是鱼生，我就带他们去一家著名的寿司店。两人说他们什么都敢吃："蔡澜，你吃什么我们就吃什么！"

我顽皮起来，叫了鲍鱼的肠，他们看着那绿油油的生东西，以前见都没见过，但既然已夸下了口，便想照吃，却迟迟鼓不起勇气，眼睁睁地看着我一大口一大口吞下，到最后，还是举不起筷子。

来日本拍摄外景的戏越来越多，凡是需要雪景的，要是没有大明星参演，就去韩国雪岳山拍摄；要是大导演、名演员，就去日本。

其中有一部叫《影子神鞭》（1971），由郑佩佩主演，罗维导演。当年罗维可是响当当的导演，再加上他的太太刘亮华是首席制片，一队人浩浩荡荡地来到日本，我请导演先去考察外景地，但他说不必了，有雪就是。我听了皱皱眉头，心想他怎么那么不负责任。

到了雪地，罗维身穿多件厚外套，把身体包裹得像一个大傻子，头上罩了一个套子，只露出眼睛，像摔跤手那种，样子颇为滑稽。

郑佩佩个性刚烈，说一是一，又很正直。这位小姐除了拍戏，从不应酬，也从不与同行打交道。六先生也提起过她，说她真的像个女侠。

和郑佩佩谈起天来，知道她很好学。她说她会向六先生提出，拍了这部片后就留下，和另外两位女子一起在日本学习舞蹈。这两位一个叫吴景丽，身材短小，佩佩一直叫她小鬼；另一个非常高大，后来才知道她是佩佩的未婚夫原文通的妹妹。之后她们在日本的生活起居，都由我照顾。

戏拍起来，罗维一看到是文戏（只讲对白，没有动作的），就叫副导演去拍，一遇到武戏（全动作的），就叫武师指导二牛去拍，自己则躲起来在火炉边取暖。

我年轻气盛，又对电影充满憧憬，认为导演是一项神圣的工作，不可以那么轻率，就和罗维吵了起来。这可惹怒了制片刘亮华，说要向当时的制片经理邹文怀告状，一定要把我炒鱿鱼。

我知道已经大祸临头，便将工作详细地交代给助手王立山，然后一个人返回东京去。

想不到到了办公室，又接到邹先生的telex，要我赶回现场。也不知是邹先生帮的忙，或是六先生下的命令，不准炒我。结果回到现场，刘亮华看到我，也当成什么事都没发生过，继续把外景拍完。

后来我哥哥蔡丹接了爸爸的位置，当了邵氏中文部经理，也经常到香港买片子。罗维当年自组公司在外拍戏，当然得应酬我哥哥，请他到天香楼吃饭时，也叫了我陪客。和罗维几次交谈，发现他是一位相当单纯的男人，没有什么坏脑筋，我过去向他发怒，是冲动了一点。

来拍雪景的还有张彻，他所拍的是一部叫《金燕子》（1968）的戏。当年张彻已是大红大紫，与我第一次在香港遇到的他完全不同了，气焰甚大，带了一大队工作人员到来。副导演是午马，武术指导是唐佳和刘家良。

《金燕子》是部大制作，我把整个东京办事处的职员都调到外景队来，还有我学校的同学、好友等等，都来当帮手。

我一直想不通的是，"金燕子"这个人物承继了《大醉侠》里面的女主角，和张彻一直拍的以男主角为主的阳刚戏格格不入呀。郑佩佩当时也这么怀疑过。

张彻能言善道，把郑佩佩叫去，解释这个角色在戏里是举足轻重的。其实，张彻的心里早已经决定把戏着重放在男主角王羽的身上，所讲的一切，不过是骗骗她罢了。

佩佩人单纯，相信了张彻，后来戏拍到一半才知道不对路，但是已经太迟，挽回不了了。

大家都住在长野县乡下的唯一一间大旅馆中。昔时日本旅店的传统，是每一个人一间房，还把住客的名字用块木牌写上，挂在门口。

张彻在当副导演时师承徐增宏。徐增宏的脾气可大了，喜欢骂人，时常在片场中大发脾气。张彻也学了过去，叫午马检查服装道具时，缺了什么，就把他骂个狗血淋头。旅馆中的日本工作人员看得颇为可怜他，轮到写名字在木牌上时，他们的姓氏没有一个"午"字的，但用动物为姓，像帝国酒店经理的"犬养"，倒是很多。看午马什么都要做，觉得是做牛做马，所以把名字的木块写成"牛马"。午马要他们更正，他们死都不肯。

吃饭是个问题，香港来的人惯于吃肉，但是当地日本人主要吃鱼，肉卖得很贵，在乡下也难找。大家吃了多餐鱼之后生厌时，忽然看到有大块牛扒，即刻吃得津津有味。其实乡下哪来的那么多牛扒，都是我叫当地猎人打了一些熊来充当；打不到熊时，就吃起马肉来，我不说，大家也都不觉察，一直赞好。

外景的大小问题都要我解决，有一天，王羽发脾气说不拍了，要回香港了，也由我"摆平"。长满荻花的原野上有很多蜻蜓，我就去抓。王羽看我每抓必中，十分有趣，自己抓却抓不到，要我教他。

原来蜻蜓长了很多很多的眼睛，只要趁它停着时，用手指从远处靠近，一面靠近一面打圆圈。蜻蜓有复眼，看久了就头昏，像被催眠似的一动也不动，就能一把抓住。王羽照办，也成功了，大喜。

玩久了，烦恼也忘了，继续拍戏。

有一天，王羽忽然向邹文怀提出："我要做导演！"

　　当年，当导演并非一件易事，需要有场记、副导演一一胜任了才有机会，全是学徒制，不像功夫片崛起后武师也可以当导演。明星当导演也行，但得有无数的经历。王羽还很年轻，他一九四三年出生，提出要拍《龙虎斗》时才不过二十五岁。那么一个年轻小子，怎么信得过？片场中的老一辈个个议论纷纷，要拿他当笑话看，但大家也知道他的个性刚烈，如果说不成一定会罢拍。

　　听到这消息时六先生刚好在韩国，他到那里放几天假，吃吃东西，也停下来看了很多韩国电影，看看有什么可以借用。我虽然也作陪，但韩语我听不懂，翻译的工作就由一位中国籍的在汉城开餐厅的金太太负责。金太太风韵犹存，她每天炖人参服侍六先生，我就轻松地跟着吃吃喝喝罢了。

　　六先生返港后处理王羽事件，平衡了利害关系后，他决定如果王羽要拍就让他拍，反正拍得不好可以由其他人来补戏。

　　电影拍得很顺利，王羽很有把握地把戏一场场完成。最后与罗烈生死斗那场戏是在雪景中进行的，因为王羽是新导演，要节省制作费，便把戏从日本搬到了韩国去拍。处理外景时金太太主动请缨，她说虽无制作经验，但是人力、物力雄厚，有什么事办不了呢？

王羽到了韩国，说要高台取景，金太太即刻叫人用巨木头搭了一个又高又大的，重得要死，几个人都搬不动。朝鲜战争结束后，韩国的山都被轰炸得光秃秃，木头紧张，有哪家中国餐厅用即用即弃的木筷子？被政府发现了，每有一根就要被罚停业一天，一堆木筷子，不知要停多久，搭那么一个高架，当然要花不少钱。

王羽的其他要求也没办好，大发脾气，要邹文怀把在日本的小蔡派来代替金太太。

telex传到东京，要我即刻动身。到机场去买票，其他一切都不必管了，我从办公室冲到羽田搭飞机，连家里养的一笼小鸟也无法照顾地飞到汉城。

高台嘛，还不容易解决？向申相玉借好了，他有一个庞大的制作公司，什么都有。因为他也在日本念过书，我们可以用日语交流，在亚洲影展时我们两人最谈得来。他当我是他的好友，全力资助，把他最好的制作班底借了给我用，拍摄工作即刻顺利进行。

因为农历新年已靠近，香港的工作人员都盼望着回去过年，外景队也不去雪岳山了，搬到市中心附近的公园拍摄，汉城近朝鲜，到处有雪，不必老远地去找。

我们每天赶工，看到王羽又导又演，还甚有把握。精力十足的他，早上拍戏，晚上还要喝酒。到了午饭时间，他还要人陪他玩。

那是一场你推我、我推你，斗推的游戏，谁被推倒在地上，谁就输了。我体力有限，当然不肯和他玩，他就找到了副导演吴思远来作陪。当吴思远被他推倒时，一不小心眼镜弄烂掉，那个塑胶框很尖锐，将他的眼角割下一块皮肉，流下血来。我们都冲上前替他包扎伤口，他老兄第一个反应是："破了相了，怎么泡妞？"我们听了都哈哈大笑起来，现在想来，真是没有良心。

《龙虎斗》一片，除了王羽，罗烈演反派，另有陈星及王钟演他的手下。当年韩国电影还没有起飞，最初是文艺片当道，进口了很多台湾片子，后来就是邵氏的武侠片霸了天下了。王羽主演的《独臂刀》几乎人人看过，我们拍戏时也有很多韩国影迷来包围，一看到王羽，都举起一只手大叫"unpari"——韩语独臂的意思。

当年全韩国最好的酒店是"半岛"——韩语称作"Bando"。记得第一次当学生时去旅游，这家旅馆有几百个夜女郎集中在前面争生意，蔚为奇观——拍《独臂刀》时经济已转好，全部消失了。我们全体工作人员住在里面，有一晚三更半夜铃声大作，原来起火了，大家都逃到屋外去。消防人员来救火时，天气太冷，已经把水喉冻成冰，流不出水来，结果整家酒店烧毁。

我们搬到另一家去住，但大家担心的反而是戏拍不拍得完，来不来得及回香港过个好年。

忽然，天虽冷，但雪已不下，再过几天，大地回春，雪开始融化。我们眼光光地看着拍戏场地的雪一点点化掉，想搬回雪岳山去拍，那边还有雪，但是背景已连接不了。我们的"龙虎斗"，是天气和人类的斗争。

这怎么办？怎么办？我突发奇想，叫当地工作人员四处买面粉去。韩国人喜吃中国的炸酱面，要用面粉来拉，当然有啦，大队工作人员拼了老命，全国各地去收集。

收回来的面粉往地下铺，一车铺完又一车，场地的前后都要铺满，拍摄才能进行。好了，到最后一天，拍完最后一镜，松了一口气。

众人欢天喜地回香港去。我拖着疲倦的身体到了东京，公寓中养的小鸟已经饿死，罪过罪过，从此知道照顾不到时，就别养了。

在日本那些年，香港来的外景队渐多，像井上梅次的电影也全部于东京拍摄，和日本电影工作人员熟了，组织了一个很强的班底。

六先生再次来日本时，我问他说："通常一部戏在香港拍要多少个工作天？”

“六十个。”他回答，“有时还不止。”

“那平均要多少钱拍一部戏呢？”

六先生回答不出。当年，制作费由会计部主管，花多少提多少钱出来。总之，都有钱赚，也不去算那么多了，那是美好的电影黄金年代。

“我们需要的，是更多的量。”六先生说，“一年生产四十部电影是目标。”

我心算一下，大胆地向六先生提出：“要是我们在日本拍，香港只要派几个主角过来，全部工作人员，包括导演、摄影师、灯光师等等，一部戏只要拍二十个工作天，可不可行呢？”

“全部制作费要多少？”他问。

“二十万港币。”我回答。

二十世纪六十年代，一个秘书的人工是月薪四百元，依当年的币值，二十万港币等于是当今的两百多万港币，比香港一般的低成本戏还要便宜得多。

“你想拍些什么故事？”

“最好是些原创的剧本。”

“还是借用的好。”六先生说。

那年六先生刚好在东京，看了很多日本片，其中有一部是讲一个年轻人为了名利出卖原来的女友，结交富家小姐的故事，六先生很喜欢，向我说："就借用这一部吧。"

《裸尸痕》（1969）是由《郎心似铁》（*A Place in the Sun*，1951）改编的，加入恐怖片元素，女主角被男主角杀死后化成厉鬼来讨命，拍得非常好。导演是岛耕二，曾经红极一时，导过《金色夜叉》（1954）、《相逢有乐町》（1958）和《细雪》（1959）等经典名作，人长得高大，又有英国绅士作风，找到他时他已有六十八岁，处于半退休状态。

至于男主角我建议用在《女校春色》（1970）合作过的陈厚，他给影迷们的印象是个花花公子，舞又跳得很好，在个性和年龄上都适合演这个角色。

女主角用了丁红，个性豪爽，是位好演员。

至于演配角富家小姐的是丁珮，她来自台湾，是位新人；男配角是王侠，还有欧阳莎菲，从香港来的只有这么几个人，加上副导演桂治洪。

我在东京用了所有朋友的人情和日籍工作人的关系，尽量压低成本来完成这部电影。

女主角的公寓就借了我当年的好友刘幼林住的地方。在亚洲影展时，我结识了他哥哥刘大林，他吩咐我照顾他弟弟。刘幼林当了美联社（Associated Press）的驻远东经理，住的地方是表参道，是外国人集居之地，也是高级时装店区，扮起香港来很像。

其他外景地采用富士山周围的山区和湖泊，别人来东京取镜，巴不得把富士山也拍了进去，我们反而是在镜头中拍到富士山，就要把山腰斩了不见顶。

为了节省成本，也免费请了很多在日本大学读书的同学来做群演；叫了刘幼林出演妇科医生，他在戏中检查了女主角后宣布她怀了孕。刘幼林年轻英俊，很像《伊普克雷斯档案》（*The Ipcress File*，1965）中的迈克尔·凯恩，当年还怕他的外型不够老，叫化妆师把他双鬓染白，好久都洗不掉。

桂治洪是位很努力及专心工作的年轻人，他会将所有镜头及对白都详细地记录。片子拍完拿回去，因要省钱，全凭他一个和剪接师姜兴隆完成后期工作。

演员们住东京“第一酒店”，当年它是又便宜又住得过去的旅馆，房间很小，但大牌如陈厚和丁红都没有投诉，其他演员就没出声了。

我们不休不睡，说什么也要二十天内赶完此片，答应过六先生的事才能算数，其实当年要是拍多一两个工作天六先生也能理解，但承诺归承诺，限时内完成。

片子在中国香港和东南亚放映了，票房平平，但这种戏不可能爆冷，只是为邵氏增加了一部戏上映而已。

岛耕二在这期间教导了我很多关于电影的知识，因为他到底拍过几十部电影，遇到任何难题他都有办法解决，没在制作方向上增加我的麻烦。

在聊剧本时，我都去他家里。他是位烹调高手，又煮饭又拿出我们喝不起的Suntory（三得利）黑瓶请客。当年，我们喝的只是双瓶装的Suntory Red，要是有四方瓶的、俗名"角瓶"的已是上上品。

酒喝完一瓶又一瓶，岛耕二和我的感情逐渐增强。后来我再请他到新加坡拍了《椰林春恋》和《海外情歌》两部片子，大家成为好友。我发现拍商业电影虽非我所好，但我倒是很享受制作时期交的朋友和所去的外景地。

二十世纪六十年代，亚洲各国和地区都有他们的电影事业。日本有五大公司：东宝、松竹、大映、东映和日活。中国香港以邵氏最雄厚。菲律宾、印尼、新加坡等国及中国台湾地区各有电影制作。另一支大势力，是韩国的申相玉的申氏公司。

几位大老板一起吃饭时，有人提出不如办一个"亚洲影展"，大家可以互相交流，主要还是买卖，当成一个电影市场，大家一拍即合。

影展从此在东亚、东南亚的各大都市举行。日本人最为热心，出钱出力地办了很多届。在那个年代，他们的制作水平最高，要真正竞选的话，奖项一定全部给他们包了，但五大公司志在卖版权，并不在意奖项，谁得奖都行。

各方派出一至两名评审员。有一年，六先生忽然向我说："新加坡的评审，今年由你担任。"

"什么？我有什么资格？"我问。

"你在学校时写过影评在报纸上发表，凭这一点，你就能够。我说行，你就行。"他说。

其实，六先生要我当成一分子，主要的还有一个重大任务，那就是暗中和各国、各地区评审联络感情，影响他们在给分数时的决定。

"要怎么做才好呢？"我问。

"到时邹文怀会教你的。"他回答。

"我会替你准备些礼物。"邹先生说。

什么礼物呢？就是黄金的劳力士手表，即香港人所谓的金劳了。这表在当年价值不菲，每个男人都想拥有。事前，邹先生买了一批给我，我就把金劳一个个送给各位评审。

也不是每一位都贪心，有些很正直，不受引诱。金劳要送谁？那就要看人了。怎么看？从吃自助餐时就可以观察，吃不完也要尽量多拿的，即可收买。

另外，影展有一套评分的计算规则，最高分为十分，一般评审是这样给分数的：自己喜欢的电影或演员，给个七八分，不喜欢的给四五分。有一肮脏招数，就是给要得奖的对象十分，给不想让对方得奖的零分，这么一来，就可以一下子把分数拉开。

这一招很有用，后来我当《料理的铁人》的评审时，电视台方面当然不想让挑战者赢，就和自己请来的评审讲好，让铁人得奖。为了比赛的公平，如果挑战者的技巧突出的话，我一下子便给十分，铁人则给零分，这么一来，就能让挑战者赢。不过，道高一尺魔高一丈，节目组本来出三名评审，后来增加到五名，我就变成了少数者。电视台的节目不过是娱乐观众，我也不在乎了，当成一场游戏，亚洲影展也是如此。

当亚洲影展评审时，我还是日本大学艺术部映画科的学生，同一所大学的教授也当了日方评审，出席大会时，他一直瞪着我，但认不得我是谁，问说："什么地方遇见过你？"我只是微笑不语。

有一位评审叫熊式一，在影艺圈颇有声名，也曾经组织过剧团公演他编的戏剧。熊式一人长得极为矮小，喜穿一件长衫，又爱去拉女明星的手。有一年，影展在汉城举行，他人不见了，工作人员怎么找也找不到，我年轻口无遮拦，叫工作人员到韩国女明星的裙子里面去找。

同年的评审有来自香港的刘大林，他主编的《亚洲杂志》（*Asia Magazine*）很有影响力，我和他最谈得来。我们被申相玉请去参加伎生派对，伎生是韩国的艺妓，卖艺不卖身的。刘大林是中俄混血儿，但一点也没有洋人相，只是眼睛碧绿。那些伎生纷纷被那对绿眼迷住，自动献身，我就没有那个福分了。

同是混血儿的还有胡燕妮。她刚与公司签约，就被派来影展走红地毯。她实在美艳得令人震撼，我陪她走上影展会场的梯阶时，所有的女明星都停下来转头去看她。男人看女人理所当然，但惹得美女也看美女，就说明她是真的漂亮得厉害。

我一连当了好几届影展的评审，熟能生巧。大家争得最厉害的奖项是最佳男、女主角奖，当年的奖项虽然也没什么公信力，但是作为噱头在上映时宣传，是的确有助于票房的，各方都争着要这些奖项。

其实评奖就像是分猪肉，中国香港有了最佳女主角奖，最佳男主角奖就要给中国台湾或韩国，其他奖项就分给印尼或菲律宾。

在武侠片和功夫片尚未大行其道的年代，参展方拍的多数是哭哭啼啼的文艺片，不是男主角患癌就是女主角得肺痨，各种死法，无奇不有。我在背后说坏话：那不是亚洲影展，而是亚洲医院展。

一年，我布局好了，台湾地区的评审也收了礼物，结果这两个"阴阴湿湿"的影评人出卖了我，把奖项分给了自己看中的电影。我人生第一次遭受背叛，才知人心险恶。任务没有完成，我沮丧得很。

六先生拍拍我的肩膀，安慰我道："不必太介意，明年记得除了金劳之外，多准备几个爱马仕皮包。"

《裸尸痕》算是成功了，我接着向六先生提出，再请岛耕二连拍两部戏——《椰林春恋》和《海外情歌》，分别在一九六九和一九七〇年上映。

前者用了当年在香港歌坛红遍半边天的台湾歌手林冲，女主角是最受欢迎的何莉莉，又由香港派来的李丽丽和林嘉当配角，加上副导演桂治洪，另有一批日本的灯光师和摄影师，飞到槟城取景。

全体工作人员住的是一间由四层楼公寓改建成的旅馆，大家浩浩荡荡搬了进去。当年，邵氏电影在星马（指新加坡、马来西亚）大受欢迎，也从来没有那么多明星飞到那小岛去，摄制组到达时已被影迷重重包围，需要当地的警察维持秩序，看他们挥动警棍，打开影迷，我们才得以走进旅馆。

我们借了一间富豪的住宅当主要的场景，在那里夜以继日地拍摄。为了节省成本，我身兼多职，做翻译、场务和会计等工作，在外面风吹日晒，皮肤晒脱了一层皮，长了新的，再晒再脱。香港来的矮小精悍担任配角的李丽丽最调皮捣蛋，她不拍戏时也跟着在现场，最喜欢剥我的皮。

工作人员中有一位老先生，是导演徐增宏的父亲，他的主要工作是"放声带"。当年的歌舞片要"对嘴"，那是由一部像放映机那样的工具，有两个轮，装上已经冲印成透明画面的菲林，留下一条声带，经过这个机器放出来的歌，演员听了张口闭口对着嘴，才能准确，这是普通录音机做不到的。

拍摄演员唱歌时也要用一部老式的"米歇尔"机器才能对嘴。该机器非常笨重又很大，和我们当年用的小型"亚厘"机相差甚远。由于我没有经验，在器材方面忽略了这一项，用到时才知道出毛病，这个祸可闯得大了，我急得团团乱转。

问题怎么解决？再从香港寄来的话需时，哪来得及？三更半夜时刚好家父来电话，向他提及此事，他回答说新加坡拍马来戏的录像厂也拍歌舞片，还剩下多部"米歇尔"。我马上联系，由新加坡调来机器，才解决了问题。

《椰林春恋》从槟城一路拍下去，经马六甲，到了新加坡完成，一路上种种难题，都靠经验老到的岛耕二一一解决。我们白天工作，晚上喝酒，结下深厚的友情。当年，日本导演来香港拍戏，除了井上梅次之外，都取了一个中国名字。"岛"这个姓，日文念成"Shima"，我们都"Shima San"前、"Shima San"后地称呼他。"San"的日文是"先生"，结果中国名字为他改成史马山。

片子拍完，六先生觉得很满意，也卖座，就叫我继续用他导演了下部戏《海外情歌》。

这部片子由陈厚主演，当年他才三十九岁。电影讲的是一个父亲带着女儿们搭邮轮到海外旅行的故事。我拿了剧本，问他拍不拍呢？陈厚为人豁达，说无所谓，演员嘛，有戏就接喽。

他是不是在安慰自己，我不知道。

打听之下，知道有一艘半货船半邮轮的英国船要修理，从香港航到新加坡，五天时间，可以廉价包下来，当我们电影的背景。

一上了船，大家就不分昼夜地赶工，想在这几天内把需要的戏拍完。但这艘是英国船，一切按照英国方式去管理，我们每一分钟都需要赶工，岂知船长说不许，我大发脾气，询问原因。

原来这是英国传统，在下午四点钟一定要喝下午茶。我说你们喝你们的，我们照样开工。船长说传统不能打破，一定要停下一切喝下午茶。

气得我快爆炸，哪有什么破英国传统，但最后还是拗不过整艘船的工作人员，也只好停下来喝一杯。

工作顺利，也终于在限定的时间内把应该拍完的戏赶完，松了一口气。哪知道到了新加坡也不准下船，海关人员要上来登记入境手续，慢吞吞地，一个个人把手续办完才能登陆到新加坡，又浪费了一天。

这些日子里，我一闲下来就和大家聊天。导演岛耕二已是老朋友了，陈厚也拍过我监制的《女校春色》和《裸尸痕》，都很谈得来。

新朋友是年轻的杨帆，他从台湾来，拍了《狂恋诗》后大红大紫，最受年轻观众欢迎。来自台湾的他，高大得很，人又长得非常英俊，迷死不少人，包括他自己。杨帆一走过镜子必停下来欣赏自己的样子，越来越自恋，到了后期竟然发起神经病来，回到台湾后没事做，逐渐沦落，最后只能在片场中当临时演员。拍古装片时导演一叫，他即刻把假发戴上，即使戴反也不管，笑嘻嘻地上镜，弄到最后也把工作丢了，不知下落。我听到这消息后非常替他惋惜。

另外，在片中演大女儿的是虞慧，就是当年被派来日本的"精工小姐"，饰演二女儿的是李丽丽，饰演三女儿的是沈月明。饰演小女儿的妞妞，是我疼爱的童星。

片子完成后六先生一看，认为不够热闹，下令补戏，但陈厚当时已因病去世，换了金峰代替他的角色；导演也换人，由桂治洪顶上，这是他当正导演拍的第一部片子。

年轻的时候总有点自尊心，六先生要求补拍，对我来说，是人生中一个很大的打击，当时心里充满不解与挫折，但后来想起来，也不过是人生过程之一。

同在一九六九年，拍《女校春色》《裸尸痕》和《海外情歌》时，和陈厚做了好朋友，混熟了之后，忍不住问他："很多影迷都说乐蒂的自杀，是你害的，因为你是一个花花公子，这个结也一直打在我心上，你可不可以为我解开？"

陈厚叹了一口气："我从来没有向人提起过，乐蒂的个性像林黛玉，总是怨别人对她不好。我当然也不好，但不会做出伤害她的事。"

细节我也没有追问了，也不需要追问，都是成年的男女，他们之间有私隐，外人不明白，也不会明白，说来干什么呢？

当一个演员，陈厚是无懈可击的，他总会演绎出导演们的要求，加上自己想表达的方式，与导演商讨之后把角色演得完美。

但面对井上梅次、岛耕二等日本人，话又不通，他该如何表达？陈厚会把一场戏用三至四种不同的表演做出来给导演看，让他们选一种，再加以发挥。岛耕二曾经对我说过："这么灵活又优秀的演员，在日本也找不到第二个。"

在拍《海外情歌》之时，陈厚已得了癌症，他很痛楚也不告诉我，在船上一直和我谈笑风生，有时又扮起马克·安东尼，背诵他的演讲。他说得一口上好的牛津英语，看的英国文学作品众多，对莎翁作品里的对白，更是熟练。毕业于上海圣芳济书院的他，是位知识分子，平时最爱旅行和读书。

我问他为什么要那么表演给导演看，他回答："我不知道导演心里想些什么，所以只有用几种不同的方式来试探，也许他们想把整部戏弄得疯狂夸张，也许他们要的是压抑住的幽默，并不是每一个导演看完剧本就知道他们心目中要的是什么。"

在没有他的戏份时，陈厚也是西装笔挺地坐在旁边看别人怎么演。他当年也红极一时，但永远不摆一副明星相。我们的船开到了新加坡，但因为第二天海关人员上班时才会上船检查护照，所以我们迟迟不能下船。新加坡的影迷非常疯狂，听到消息后租了几十艘小艇，坐满了人，向我们的船冲来。陈厚听到消息后回舱房换了一套蓝色的航海双排纽扣西装，白色裤子，悠闲地走出来，双手搭着栏杆，一只脚跷在另一只脚上，摆好架势，等待影迷到来。

岂知影迷们在远处以为是另一个人，大喊："杨帆！杨帆！"

当年杨帆的《狂恋诗》刚好上映完了，身旁男女都为他欢呼。陈厚听到了，把他那盘着的脚收起，从容地整理了被风吹得凌乱的头发，向他们深深地一鞠躬，退回房间。

这都是我的亲身经历，我也在这些前辈身上看到了悲惨的一幕，不管你有多成功、多红，始终都有谢幕的一天，时间来到时，都应该向陈厚学习那份优雅。

我把手头的工作做完赶回香港，因为我听到这位老友已进了医院。

坐了的士赶到半山腰上的明德医院，一急了，事前也没有问清楚是几号房间，我在柜台问那些值班的修女："请问陈厚先生现在在哪里？"

"哪一位陈厚先生？"修女反问。

"大明星陈厚先生呀！你们应该知道他是谁！"我急得团团乱转。

"没有听过就是没有听过！"领班的那个修女板着面孔，一本正经地说。

"我是刚从新加坡赶来的，他是我最好的朋友，听说他病得很严重了，你们就让我看一看他吧，就算看一眼也行，我今天非看他不可。"我哀求，"我明天就要赶回日本的呀！"

修女还是摇头。

"圣经上没有说过不可以撒谎的吗?!他明明在这里,为什么你们骗我说不知道?!"我已觉得没有希望见到这位老友。

低着头走到门口时,有个最年轻的修女偷偷地塞了一张纸头给我,上面写着门号。

我冲了进去,那些老修女看到了要阻止,但我已推开了门,看到陈厚,他向老修女说让我进来。

他人本来就瘦,当时看起来体重更是减轻了一大半。陈厚怕我担心,尽量说些轻松的话题,并向我说没事的,没事的,但他知道我是不相信的。转个话题,他说:"你没有见到我的新女朋友吧?她是个英国人,长得不算漂亮,但是肯听我的话,我叫她做什么她就做什么,我起不了身,想要时,只好叫她用口了,哈哈哈哈。"

病得那么厉害,还讲这些事,最后他说:"当演员时,还可以卸装,但真人卸不了装,我这病,会弄得我越来越难看,怎么对得起观众?我还是离开香港好。我在纽约有些亲戚,过几天等人好一点就会飞去,那里没有人认识我,可以安详地走完这程路。"

我握着他的手,向他告别。走出病房时,我看到那个说谎的老修女在外面偷听,也哭了。

陈厚走时,只有三十九岁。

回到日本后继续买日本影片到东南亚放映。日活公司的外国部为了业务成绩，把版权以五百美金一部的贱价出售，其他公司也跟着照此价卖。我选了不少卖座的片子，包括《盲侠》《眠狂四郎》等。

六先生来东京的次数也渐多，一天，他忽然向我说："你去台湾吧，我在那个市场赚的钱，也应该拍些片子花掉。"

结果拍了《萧十一郎》（1971），导演是徐增宏。说起来，他是张彻的启蒙老师，虽然张彻大他约十岁。

剧本为古龙所写。我们第一次见面时，他还是小伙子一个，印象中他的头特别大，喜欢喝酒。导演也好此道，于是他们常在一起泡酒家。所谓酒家，是有酒女陪伴的欢乐场所。他们常去的一家就是我们下榻的南京东路的"第一饭店"。台湾人叫旅馆为饭店，但不卖饭；叫为酒家的，主要是卖女人。我虽年轻，但认为这些以陪喝酒为职业的女子，应该像日本的艺妓或韩国的伎生，有点技艺才行，不是说完"先生贵姓"就坐下来干喝那么简单，故对此兴趣不大。

当年的台北相当灰暗，街灯也不大放光明，最好的地方就是书多，什么书都有，什么书都翻版，纸张很薄，但我都不在乎。在东京Jena洋书店买不起的书，台北都有翻版，价钱是原版的百分之一，就那么便宜。记得在中山东路有好几家书店，我经常流连忘返，一买就是几大袋。我在台北一住就住了两年，到了后期，小房间放不下书了，还得租另一间来放，反正房租也便宜。

在这段时期，我结交了专搭布景的陈孝贵。他年轻时与人打架，被打坏了一只眼睛。陈孝贵有一架电单车，我坐在他的后面四处看景。电单车在台上飞奔，几经惊险，但人年轻，什么也不怕。

怕的倒是谣言，邵氏台北办公室的职员都看不惯我这个香港派来的小子，一直向六先生打小报告，说我在台湾不停地搞男女关系，弄到有一次亚洲影展在台北举行时，六先生在他的客房中指责我这件事。

其实，现在想起来也没什么大不了，年轻嘛，女朋友多又怎么了？人又还没结婚，搞的又不是公司里的明星，有什么好说的？事实上，我很遵守家父教导我的话，即别在工作地方谈恋爱。在邵氏那么多年，不能说没得到女演员们的青睐，但我都没有与她们发生过什么绯闻。我常用英语"Don't shit where you eat"（不在吃饭的地方拉屎）来勉励自己。

被六先生说了，我也没反驳，反正自己清白就是。

《萧十一郎》用了当年邵氏的玉女邢慧当女主角，男主角是台语片的小生吴东如，后来也来香港当小生，改了"韦弘"一名，认为"会红"。后来，他一直黏在当权的方逸华身旁，但始终没有红起来。

拍完了《萧十一郎》之后，另一部和台湾公司合作的《梅山收七怪》（1973）也开机。这是部特技片，请了日本导演山内铁也过来，由井莉、陈鸿烈和金霏主演。

这些电影的故事情节都不是我喜欢的，反正当年公司叫拍什么就拍什么，当成工作，尽量把它们完成。

为了找适当的外景，搭布景的陈孝贵租了一辆破旧的出租车，记得车胎已经磨平了也照驾。他带着我穿山过水，跑遍台湾，几次差点因路滑而翻到山谷中，年轻嘛，不怕，不怕。

在台湾的乡下，尝尽当地的美食，又适逢他们的庙会，每家每户都做大鱼大肉来宴客，什么人经过就拉什么人来吃，请不到客人没有面子。

老一辈的台湾人都会说日本话，我用日语与他们交谈，感到亲切。当年的台湾，是朴实的，是充满人情味的。

娱乐事业特别繁荣，流行的笑话是香港男人见了她们几次，翌年就抱一个小孩来机场迎接，男人为她们买了奶粉、婴儿衣服。

最红的夜总会叫"新加坡"，有时候遇到些女子，问她们是哪里来的，她们回答说新加坡。我以为遇到老乡，还天真地问她们住在哪一区，是加东抑或是芽笼？

台北市区的管理还相当落后，一场大雨造成洪水泛滥，淹没了整个市区，连我住的第一饭店的大堂都浸满了水，电梯也停了。走楼梯下来，见工作人员被水淹到腰部，一切工作都停止了。

吃饭怎么办？本来我不会在旅馆叫东西吃，常到对面的大排档叫人炒个面拿回来充饥。当然，那大排档也被水冲走了，房间送餐服务也停止了。正在肚子饿，从房间窗口望出，见到陈孝贵和几个老友划了一艘小艇送食物来，更感台湾人的人情味。

后来，当我离开电影界，组织了高级旅行团，和团友们到世界各国去吃最好东西时，还会想念台北的福建炒面，以及街边档口的切仔面。于是，又组团去了无数次。

在台湾期间，传来一个重要的消息：邵氏公司发生了大地震，制片经理邹文怀离开了公司。

邹先生给我的印象是笑眯眯的，没有看过他发怒。他人很年轻时头发已秃，留有小撮发在头顶，像日本牛奶糖公司的广告中的那个婴儿。他戴着很厚的近视眼镜，本身眼睛已小，更是几乎看不到瞳孔。

我第一次经过香港时，邹先生还亲自驾着车，带我到太平山顶去看夜景。

后来在影展时遇到了台湾导演白景瑞，刚从意大利留学回来，拍了《今天不回家》（1969）一片，非常卖座，奠定了在台湾影坛的地位。

白景瑞一看到邹文怀，即刻跑过来与他热情地握手："邹先生，真的是谢谢你了，你人前人后都赞扬我，令我受宠若惊。"

等他走开后，我问邹文怀："他真的那么厉害吗？"邹文怀笑着说："我们身在电影圈，大家的道路不知什么时候会碰在一起，说人家好话不要钱的，有一天要用到他们，总是一个好的开始。"

邹先生就是那样一个人，永远深藏不露，也从来没有敌人。

在影展的派对上，我们和一大堆女明星一起吃饭，邹先生很会说笑话："我有一个朋友很喜欢开人家的玩笑，一天，他扮成鬼吓一个胆小的人，果然把那人吓得全身发抖，差点口吐白沫，看到那人样子不对，就除下面具，向那胆小的人说不必怕了，鬼是他扮的。岂知那个人继续发抖，口颤颤地说：'我……我……我不是怕你。我……我是怕站在你身后那个鬼！'这次倒把那个喜欢开玩笑的人吓得差点昏过去。"

说完，所有的女明星都笑坏了。

邹先生的酒量很好，又对红酒的研究很深入，他叫朋友买的年份红酒后来都涨了很多倍。一九八二年的佳酿出现时，他向人说这酒一定会起价，值得收藏，他自己也买了好多。他家中藏有香港人最爱喝的Pichon Lalande（碧尚拉龙，1982年），怎么喝也喝不完，也曾送过我一大箱。

原名邹定鑫的他，祖籍广东潮州大埔，毕业于上海圣约翰大学。当年，传说上海人做生意最精明，在上海生活的潮州人更是厉害，邹先生就是属于这种人。

定居香港之后，因为圣约翰毕业的人英文都十分了得，邹先生就去《英文虎报》任职体育记者，后来又在美国新闻处主持"美国之音"的广播。

六先生刚从新加坡来香港，需要一个经理，经好友的推荐，请了邹先生。他在一九五七年加入邵氏集团担任宣传部主任，一九六〇年中期晋升为制片主任，到了一九七〇年再升为行政总裁。

从上一辈电影人的口中得知，邹先生对英国人的生活方式以及修养认识甚深，六先生很多这方面的知识都是由他传授的，六先生在生活中的一切点滴都要和邹先生商量。

邹先生有生活情趣是真的，他的桥牌打得很好，已是世界比赛的级数；后来也爱上打高尔夫球，在球场上结识不少巨富和政要，包括李嘉诚。

当制片经理那段时间，大小事务都由他处理和决定。记得他的办公室就在六先生旁边，门口总是坐满了要来开戏的导演和其他重要的工作人员。其中来找他找得最频繁的是何莉莉的妈妈，她最爱找邹先生为莉莉加薪，而邹先生对我说过："公司的决策容易解决，最难应付的倒是何妈妈。"

一个职位做久了，总有一些弊病，邹先生当年有权签支票给很多员工，不必经过六先生同意。

这时候，方逸华开始进入邵氏，抓出很多小毛病来。她在机构中成立了"采购组"，公司的一切项目，经过她的调查和比较价格，可以节省许多花销。

六先生当然也不会反对这种做法，上海人做生意，能省则省，方小姐的权力也一日一日地壮大，但是拍电影，时间最重要，有时因为一点小钱而延迟或耽误工期，反而损失更大。

这时，邹先生感到处处遭受到限制，工作上越来越不顺利。电影是一门烧钱才能满足观众的行业，不是省钱才能做得好的。

在某百科中也有这种记录："在一九七〇年，由于邵氏公司吝啬的薪金制度，不满而离职出走的人渐多。"

邹先生在暗中起义，本来和张彻谈好一齐到外边闯一闯的，张彻心机甚密，在最后一刻还向金庸先生和倪匡询问到底要不要离开邵氏，其实他心中已有答案：他要留在邵氏。张彻背叛了邹文怀，邹文怀第一次做老板就遭受这重大的打击，但毕竟已走了这一步，不能退缩。他所创的新天地后来几经风波，最后成功，这已是后话了。

定居香港

蔡瀾 活过

一九七〇年，邹文怀先生离开邵氏自立门户，创立嘉禾电影。我被六先生从日本调回香港，接任了他的制片经理一职。

自认什么都不懂，也没有邹先生的才华，从何做起？家父从新加坡来信："既来之，则安之。"

虽然初到影城，一切好像已经注定，好像已经很熟悉。第一件事，被安排入住宿舍。

影城中一共有四座宿舍，第一宿舍是对着篮球场的三层楼建筑，第二宿舍是八层楼、有电梯的公寓式房子。第三和第四宿舍最新，建在影城旁边的一块空地上，前者房间最大，适合大明星、大导演居住，后者则是一座八层楼的小公寓式的大厦，入住单身汉职员。

我被派在第三宿舍，岳华说："好彩。"

"为什么？"我问。"如果是第一宿舍的话，有鬼。导演秦剑在里面自杀，演员李婷在里面吊颈，邻居们都说到了晚上有哭泣的声音。"他说。

后来认识了来自台湾、当胡金铨副导演的丁善玺，他爱看书，和我谈得来，变为好友，也住在第一宿舍里面。

"是不是真的有鬼？"我说。

"鬼是没看过，但是李婷是我亲自把她从梁上抱下来的。"他回忆道。

"听说吊死鬼是伸长舌头的，电影里面也是这种表现，是不是真的？"

"真的。"他说，"我抱她下来时，她显然断了气，但身体还有余温。我看她样子恐怖，参着胆子把她的舌头给塞了进去。"

"有没有遗书？"

"有，我看过，还记得清清楚楚，写着说：'我也知道，如果像有些人那样地出外交际，经济情形可以改善过来，可是，我毕竟还是读过几年书，没办法过得了自己那一关，不可能同流合污……'"

说到这里，丁善玺泣不成声。听别人说，当年他也喜欢过李婷。

丁善玺后来回到台湾也当了大导演，拍过很多部戏，我最欣赏的是《阴阳界》（1974），虽是鬼片，但有些旧小说和国画的境界，胡金铨收了他这位学生，没有白教。丁善玺也写过很多剧本，其中有一部最后也没人拍，把八仙描写成八鬼，是我看过最好的剧本之一，至今还念念不忘。

第二宿舍住满了台湾来的小演员。当年邵氏为培养新人，以"月薪四百港币，八年合同"签了一大批，现在听起来有点像奴隶制度，但当时大家都心甘情愿，也难批评谁是谁非。

说坏话的人把第二宿舍叫成农场，外面停满前来追求女演员的公子哥儿的汽车，等着小明星放工出外游玩。但是可以说的是，像李婷那样有志气的还是居多的，有一部分贪慕虚荣的也难免。

因为我在台湾住过两年，本身又会说标准的闽南语——那是我从小就会的——她们都爱和我谈天，又知道男女关系我绝对是不碰的。那么多年来，我从来没有闹过绯闻，最多是和她们打些"游花园"的小麻将。所谓游花园，那是赌注小得不能再小，输完不必付钱，照打，看看可不可以翻本的麻将。

我的"十六张台湾牌"就是那时候收工后学的，小明星们爱开玩笑地说"三娘教子"，我反说这不叫三娘教子，这叫"一箭三雕"。

第二宿舍还住了一位舍监叫王清，年纪轻轻，带了两个小儿子来替邵氏打工，为人正直，把那群女孩子管束得很听话。她也爱打台湾牌，经常赢了钱也不收，我也一样，所以和王清也谈得来。

"麻将脚"中有一位"肉弹",走起路来背弯弯的,因为负荷太重,坐下来时,把双胸"啵"的一声摆在麻将桌边缘,说这才叫轻松。

第四宿舍住的多是各部门的职工和单身汉。

第三宿舍就有导演像张彻等大牌入住,也有高级职员,像主编《南国电影》和《香港影画》的朱旭华先生。他最喜欢我,因为我和他可以谈电影历史和文学绘画等话题。朱先生是位知识分子,曾经也做过电影公司的老板,拍过《苦儿流浪记》(1960)等经典。

抗战时期,朱先生改了一个爱国的艺名,叫朱血花,用上海话念起来和原名同音。朱先生有两位公子,大的叫朱家欣,是留学意大利的摄影师,后来自创特技公司,名噪一时,娶了影星陈依龄。小的叫朱家鼎,为广告人,后来迎娶了钟楚红,两人都是我从小看到大的。

朱先生的家佣叫阿心姐,广东人,由朱先生教导下烧得一手好的上海菜。朱先生一直叫我到他宿舍中去吃饭,当我是他的儿子。他对我的恩情,一世难忘。

到了香港,大概是六先生见我在日本时穿得寒酸,第一件事就是请六婶为我做几件西装。

记得是在尖沙咀的一间西装店，六先生穿的都在那里订制。六婶为我选了好几套料子，是Dormeuil（多美）制品，后来我才知道是最贵的。

接着便被安排入住影城宿舍敦厚楼，门外有块基石，是由当年港督戴麟趾奠定的。六先生的交游广阔，连建一宿舍都能动用到当时的最高领导。

敦厚楼分两座，也叫第三和第四宿舍。第四宿舍是一座七八层楼的单身公寓，让男演员和职员居住，第三宿舍则是大明星、大导演才有资格住进去。

记得有何莉莉和张彻、何梦华等人，岳华也住在里面。我对面的房子本来是分给傅声的，但他是富二代，在附近有大别墅，就让他的好友武师林辉煌住在里面。

林辉煌是福建人，和我用闽南语交流，那时候片场有个福建帮，很多人都是由闽南来香港的，大家都只用粤语。我来后鼓励众人说闽南语，比较亲切，结果成为福建帮的帮主。

因为年轻，认为睡觉是浪费时间，我从在日本那段时间开始就迟睡早起。六先生知道我的习惯，一起身，六点多钟就打电话给我，也不是全为了工作，什么都说，看了什么老电影忘记了片名，就要问我。我虽然别的事记性不好，但一谈起电影来，什么都记得。在新加坡当中学生时，已经编了很多册纪录片名、导演和摄影师的资料。当年很少电影百科书，也没有Google（谷歌），一查起来不方便，就做起这份工作，可惜没有留下。

六先生一问我即刻能够回答，他笑说我是一本字典。得到片名后，他就打电话到各家外国公司拿拷贝来看，看完喜欢的也当然"借用"了。

习惯养成后，六先生差不多每天一早来电话，我要比他早起才能清醒，晚上又要和岳华及其他友人喝酒，一天只睡几个钟头。

当年的影城像一个大家庭，到了晚上拍夜景，导演们为了方便，也用影城附近的建筑当背景。记得我第一个晚上住入时睡不着，就散步出来看拍戏，大量的临时演员当中有很多熟悉的面孔，像妞妞的妈妈也参加了一份。她说反正没事做，赚一点外快也好。

影城到市区有一大段路，门外有一大片空地，停了多辆福士的九座车。这就是"交通部"了，出入全靠这些车子，没有冷气，到了夏天颇热，但也没听过什么人投诉过。

大明星当然有私家车，最突出的一辆跑车却不是明星的，而是属于日本摄影师西本正。他买了一辆福士的跑车叫Karmann Ghia（卡曼·吉亚），当今看来是架经典的古董车。

但和六先生的座驾比起来也算不了什么。在影城入门后转左，就是他的名车收集处，多得放不下，劳斯莱斯就有多辆，其中一辆有两个引擎，一个坏了就由另一个发动，永远没有死火的可能。

另一架Cadillac Escalade（凯迪拉克凯雷德）也是经典车，不过美国车都左边驾驶，香港的法律只容许右边，那怎么办？

六先生笑着说："我打电话向他们买右边驾驶，他们说只能订制，但一订制起来就最少得做十辆，我说没有问题，他们就做好了运来。"

"一个人用十辆干什么？"我问。

六先生说："运来后我召集了九个朋友，一人买一辆。"

车虽然多，但六先生最喜欢的还是那辆劳斯莱斯，他一上车就打开报纸来看，从来不浪费一分一秒。六先生本人住在同一条清水湾道的井栏树的公寓中，地方不大，但他说住惯了，舒服就是了。

到后期，有地铁时，六先生一遇到塞车，就跳下来搭地铁。"一个人，不怕有绑匪吗？"有人问他。六先生笑着说："大家以为我一定有保镖，不敢动我。"

没有人敢绑六先生，但有人绑了他的儿子邵维钟。有一天，六先生和我在试片室看戏，忽然电话响了，从新加坡传来消息，邵维钟被匪徒绑了票。

"要不要停一停？"我问。

"继续放映好了。"六先生一点也不动声色，"绑匪要的不过是钱，有钱就有的解决。"

我从来没有看过那么镇定的人。

大家都想知道后来是怎么解决的。邵维钟这个人也全身是胆，歹徒将其绑去后藏在车尾箱，一路颠簸时锁松了，他就等过红绿灯停车时打开车尾箱逃走了。

"他们没下车抓你？"后来我遇到他时问。

"我已经逃得远远的，他们跳下车向我开枪，我就学着电影里面Z字形乱跑，他们的枪没打中我。嘻嘻。"他事后还笑着说，真有其父之风。

在六先生身边那些年，学习到的是，凡做什么事，都要认真去做。

六先生从一个一句英语也不懂的人，认真学英文，到最后以英语对答如流，都是因为他认真去做、去学。

六先生后来能够活了那么长的命，都是因为他很有规律地学太极拳、学气功，那种毅力，不是一般人做得到的。

上了他那辆劳斯莱斯，第一件事就是打开后厢那盏小灯看报纸。他爱看的只是《星岛日报》，我问他为什么只看一家的报纸，他说："时间已不够用了，不能太滥、太杂，世间发生的事只有那么几件，看一家的报纸已经足够了。"

六先生也有自知之明，年纪一大，记忆力一定衰退，他西装的袋中一定装有一张硬卡，那是四角镶金的牛皮硬板，中间塞了白色纸张，一想起什么，即刻用铅笔记下。他的字写得很小，但非常用力，时常透过第二张纸去。做过什么承诺，他一定记下。

回到办公室，他就把小纸上写的事叫秘书打成备忘录。他有两个秘书，一个专记中文，记英文的是位英国女士，用的是速记，用蚯蚓一样的符号迅速地记下他的一言一语。

还有一个厉害的地方是他的交际手腕。六先生最爱开派对，在片场中新建了别墅，自己不住进去，只是用来邀请一些英国殖民年代的嘉宾。在别墅中也有家豪华的戏院，放映一些新电影，都是未经电检处通过的，像《巴黎最后的探戈》（1972）一类的戏，中间的大胆镜头，看得观众津津乐道，都感到被邀请是一种荣誉。

吃的东西非常粗糙，有时还是家佣们煮的。六先生认为洋人都不太会吃，用的餐具倒是很讲究，像当年还没有人用过的鱼翅碗，有个旋转圆形银盖子，下面点蜡烛生着火的，都得到洋人的叹赏。

喝的是Pouilly-Fuissé（布衣-富赛）白酒，一箱箱地买，当年价格也便宜，洋人朋友都感觉非常高级了。

设宴之前，一定自己走一趟，检查有什么不妥。我认为这都是浪费时间的事情，刚好就有一个打开银幕的电掣坏掉了，他转头向我说："要是没有亲自看过，到时候临时到哪里去找电工来修理？"

邀请的嘉宾名单上有移民局、消防局、交通部的高官，水电工程方面的人，等等。这群人免费餐吃多了，要是六先生在政府部门有什么行不通的，叫秘书打一个电话去，大家都给面子。宴请这群人当然有目的，但也不是每一个大人物平时都肯花那么多时间做的事，也可以说是用心良苦吧。

在香港电影的黄金年代，邵氏片场每年得制作四十部电影才够维持一条院线。六先生说："什么戏都要拍，这种题材观众看厌了，就要拍另一类的。观众像贪婪的野兽，永远不会满足，永远要用新的片子来喂饱他们，我们才能生存。"

"那得拍些什么呢？"我问。

"什么都得拍，就是不能拍一些观众看不懂的，不然他们会背叛你。"他说。

六先生的眼光很准，也许是这一行已经做久了很熟的缘故。

"万一有一部是失败的呢？"我问。

"很少万一的。"他说，"就算有万一，票房也不会骗人。第一天没有人去看，马上就得换片，保住这块招牌最要紧。"

后来，他还叫人在片尾添加上一张字幕："邵氏出品，必属佳品。"

我年轻，年轻人都喜欢一些带艺术气息的片子，也对电影有一点所谓的抱负。我向六先生说："一年拍四十部，就算一部有艺术性，但不卖钱也不要紧呀。"

六先生笑着说："一年拍四十部，为什么不四十部都卖钱，一定要一部亏本呢？"

"好莱坞也是商业为主，他们的作品也有些很有艺术性，但市场也能接受的呀。"我抗议。

"你知道他们的市场有多大吗？"他反问，"当我们也有这种市场时，我也肯拍一两部来试试。我不是没有失算过，观众看厌了黄梅调我就转拍刀剑片，刀剑片看厌了我就拍功夫片。总之，动作片最为稳当，从默片《火烧红莲寺》开始就是这个定律。"

"要是武侠片也看厌了呢？"我追问。

"那就得拍色情片了。"他说，"如果你爱电影，像我那么爱电影的话，你就会了解你想在电影行业中忙多几年，为了想忙多几年，什么题材都得拍，就是不能拍艺术片，那是另一种人才拍得好的。我是商人，做商人就要做到底，不能又想做艺术家，又想做商人。电影这一行，是烧银纸来讨好观众的，不烧银纸的话，就很难赚到观众的钱。"

也许，"烧银纸"这句话，是造成后来邵氏电影没落的致命伤。

终于，我和向往已久的李翰祥有合作的机会了。

在当学生时，看过他导演的一部黑白片叫《雪里红》（1956）。这部戏的说故事技巧、场面与镜头的调度、节奏的紧密等等，都是跨时代的，超出一般的幼稚国产片。我对他十分地佩服，认为中国电影一定有机会在国际影坛上站住脚。

李翰祥曾在国立北平艺术专科学校学习油画，又在上海戏剧专科学校学电影，可以说是科班出身；来了香港之后从美工做起，又有机会拍了不少低成本的制作，到了《雪里红》时才真正得到重视。

香港与内地在政治上隔绝的几十年当中，内地出现了黄梅调电影，歌词和音调都极容易上口，是香港片中从来没有的冲击。李翰祥向六先生建议照样借用，结果拍出了《江山美人》（1959）。片子大获成功后，他乘胜追击拍出了《梁山伯与祝英台》（1963）。此片更是令天下的华人观众疯魔，非但在星马大卖特卖，在中国台湾参评金马奖时，很多人说如果这部片子得不到奖的话，是会引起暴动的。就那么夸张。

李翰祥当然被捧到天边去，接着他破坏与邵氏的合约，到台湾拍戏与邵氏打对台。这些都已成为历史，各位有兴趣可以翻查电影资料。

我要讲的是这么一个人，六先生是否恨之入骨，永不录用？当他在外面失败后，回头来求六先生再给他一个机会时，方小姐当然大力反对，但六先生就是有那么大的气度，把他请了回来。

那时他在邵氏片场大兴土木，搭了一整个古装市镇，小桥流水，一意要重现《清明上河图》中的繁华。六先生毫无异议地批准那么巨大的工程，在摄影楼的旁边把一整条街搭了出来。

"翰祥就有那么大的本事，"六先生向我说，"你让他搭什么布景，他都可以一点一滴地拍出来给你看。"

是的，六先生是爱才的，他更爱电影。为了拍好戏，他什么钱都可以花，什么人都可原谅。

"那不是违背原则吗？"我问他，"做人总不可以没有原则呀！"

"我才有原则。"六先生宣布，"我的原则，是没有原则。"

李翰祥的长处，是他的文学修养，他和张彻一样，是把文字化为形象，是第一手的，不像那些不看书的导演，他们的形象，是从别人的形象得来，已是二手形象了。

在《风流韵事》（1973）中有三个故事，其中之一是《萧翼赚兰亭》，他将绘画中的意境充分表现，我认为这是中国电影的经典。李翰祥也有强烈的表演欲，岳华演的萧翼，简直是李翰祥本人的化身，萧翼的举手投足，每一个表情都由他教导表现出来。我认识岳华数十年，知道这个角色没有了李翰祥的示范他是演不出来的。

和李翰祥的交往，记得最清楚的是他导演《大军阀》（1972），有一个女主角裸体的镜头，狄娜不肯演，说李翰祥事前没和她说好要这么拍，李翰祥则坚持说事前就已说好。两个人都说自己没错，整个摄影棚上万个员工都得停下来，不知怎么解决。结果六先生叫我去说服她，我只好硬着头皮走进狄娜的化妆室，向她说道："你们各有道理，谁是谁非我管不了，可是整组人没工开，都是你们两人害的。"

狄娜听了有点犹豫，我接着说："导演说只要拍个背影，西班牙国宝戈雅也画过那么一幅画，画得美，也不觉肮脏。"

结果说服了她，李翰祥大概欣赏我这个小子有两把刷子，又在文学和绘画上和他谈得来，从此合作愉快。

李翰祥拍了一大串风月片，替六先生赚了不少钱，也证明六先生收他回来是没有错的。后来李翰祥得了心脏病，差点死掉，六先生花了巨款，送他到美国去开刀，让他捡回了一条命。

病愈后的李翰祥继续为邵氏拍了《倾国倾城》（1975）和《瀛台泣血》（1976）等宫廷片，让没有去过北京的观众感叹他搭出来的布景是那么真实。

布景越搭越大，花钱如水。李翰祥所要的，都能跳过方小姐成立的"采购组"，直接由六先生批准。方小姐屡次向六先生投诉李翰祥不给她面子，一唠叨起来就是一个多小时。

那些场面都是我亲眼看到的，六先生有一个习惯，就是听电话时喜欢把那条卷曲的电话线拉直，然后不断地扭捏。方小姐越投诉得厉害，他扭捏得就越剧烈，一方面皱着眉头，说知道了，知道了。

为什么要忍受这些？那是他们两人的事，我在旁边看，也解决不了六先生的烦恼，只感到女人是厉害的，她们一点一滴都记得清清楚楚，什么大小事都能从头到尾不厌烦地投诉，而男人只能听，听，听。

终于宫廷片、风月片都像六先生说的，观众像野兽一样地贪新忘旧。从来不看制作预算的六先生，经由方小姐手中交来一沓沓的账目让他审视，加上当年片场中谣言满天飞，说李翰祥把戏中用的古董道具都占为己有等等，到了最后，六先生也只能让这个老将离开他的身边。

对一个喜欢电影的人来讲，能生活在邵氏片场中是件幸福的事。

那些年，我每天看电影，又与一群热爱电影的人在一起，不仅与大明星、大导演做朋友，我更喜欢与电影行业的小人物做朋友，听他们讲故事。

每个摄影棚的外面都有长凳让工作人员休息，但坐的多数是一些特约演员。这些人你会在电影中见过，但永远叫不出他们的名字。他们都有一段自己的小故事，让人听得津津有味。几乎每一个人在他们年轻时对电影都有一番抱负，年纪大后逐渐了解人生的机遇不平等，最后接受了现实，但还是依依不舍做个跑龙套的小角色。

更有趣的是制作电影每一个部门的工作人员，像搭布景的技师，当地产事业最高峰期，需要大量的建筑工人，每一个的日薪已高达数百块港币。我遇到一个搭布景的，问说："外面工资那么高，你怎么还留在片场？"

他笑着回答："蔡先生，在这里月薪虽然低，但是我们几天就搭出一间房子，那些高楼大厦，要几年才能建起一座，多闷呀！"

何止一间房子，他们能搭出小桥流水，搭出整座城堡，搭出太空站来，只要布景设计师能画得出的东西，他们都可以很快地建造起来。

道具部的花样更多，刀剑是他们的拿手好戏，从粤语片时代那种假得厉害的贴着银色纸片的木刀，发展到后来几乎可以像真的一样的铝制兵器，也经过一段很长的时间。这要拜赐于导演们的要求。胡金铨在拍《大醉侠》（1966）时，叫道具部做了一批铁制的剑，才开始逼真起来。女主角郑佩佩打起来又用力又狠，和她对手的武师们都很怕她，好在铁剑没有开口，不然不知道要杀伤多少人。

胡金铨觉得所有古装人物的头套都很假，戴上了好像多了一圈头皮，所以要求演员都尽量用自己的头发再去接假发，这才减少这种毛病。后来邵维锦来港时，我向他说英国演员同样戴头套，尤其是"007"的辛·康纳利，简直看不出他早年的秃头。我们在英国参观片场时高价买了一批纱，织得很细，一针针地缝起头发来才较真实。

片场中有个化妆部门，大明星都同时在里面化妆，没有分阶级。方小姐入驻影城之后，样样节省，骂说化妆大盒的面纸太贵，其实当今的厕纸也一样柔软，下令改用。有一个意大利导演看过之后，笑问："为什么用大便纸来擦脸，是不是演员都有一张像屁股的脸？"

我在片场中自得其乐，到了星期天高级职员都休息时也照样去巡视一番。

记得有一次打八号风球，这才是整个片场停下来的时候，不然每天从早到晚都有人在拍戏。我照样到里面走走，看看有多大的损失。摄影棚与摄影棚之间的路上，忽然有一大片剥脱了的铁皮飞了过来，好在我还年轻，反应快，即刻整个人趴倒在地上，才避过那块铁皮，不然整个头皮一定会被削去一半。

从我的办公室到后山布景去解决问题，有一大段路。当年我买了一辆福士甲虫（大众甲壳虫）车，是香港第一架自动波棍①的，没有第一波、第二波到第四波，只有两种，推前是前进，拉后是倒车，方便至极。片场靠海，用久了死气喉②被盐分侵蚀，穿了一个洞，开起来发出隆隆巨响，我也不去修理，噼噼啪啪，前面的人一听到就避开，威风得很。

片场的后山建有多座布景，有条巨大的桥梁，有个庙宇，还有大街小巷。经过这些布景，再往山下走，就见到海了。平时没有什么人去，因为还要爬峭壁，但是日本来的灯光师们不怕辛苦，一不必拍戏时他们就会带潜水衣到海中捞蝾螺，生个火，在

---

① 粤语方言，换档杆、变速杆之意。
② 即排气管。

上面烤熟，反正一大群，怎么吃也吃不完。

住在片场虽然离市区遥远，但去西贡却是很近的。我们招待外宾时常带大家去西贡吃海鲜，当年便宜得很，一大尾本地龙虾十多斤重也不要多少钱，其他的鱼类更是便宜。

记得有一次倪匡兄来片场开会，中午带他到西贡，他最爱吃鱼，西贡什么鱼都有。我看到有条巨大的游水墨鱼，就叫大厨把它活生生地切片来吃刺身。当年没有多少人敢尝生东西，周围的食客见到倪匡兄和我把一整盘活墨鱼送进口，看得目瞪口呆，我们两人笑嘻嘻地把一整只墨鱼吞个干净。

去西贡还有一个好处，那就是工作烦得想辞职时，可以在岸边雇一艘小艇。船夫划到附近的小岛上，然后拿一个凿子跳上去，把寄附在岩上的鬼爪螺一只只凿下，好家伙，有胖子手指那么粗大，用海水冲个干净后，剥了软皮，就那么生吃，鲜美到极点。当今这种螺被美食家们捧上天，尤其是在西班牙，简直像鱼子酱那么贵了，我们当年当花生来送酒，一乐也。

看到影城门口的大厦荒废了的那张照片，也想起当今的清水湾，连海水也不再清了，海洋被污染。那美好的年代，已消逝。

在邵氏的那些年，结识了不少电影导演。观众对导演的印象总是戴着黑眼镜，咬着大雪茄，拿一个麦克风发命令。老一辈的导演也许是这样的，但年轻的只是牛仔裤一条，在你面前走过觉得也只是普通人一个。

动作片崛起后，有许多拍文艺片和黄梅调的老一辈都逐渐失去工作，记得有一位叫高立的，写过李翰祥的《貂蝉》（1958），得最佳编剧奖；当了导演后拍过《鱼美人》（1965）等片子。他向我说："我以后怎么办？我们只懂得做这一行，难道要叫我去开白牌（非法的士）？"

当了导演之后，的确是其他什么事都做不了了，很多由摄影师出身，做过导演再叫他们去拿摄影机，他们死都不肯。编剧出身的，也是一样，不能由至尊无上的地位走下来，但香港电影无论拍得再多，导演的数目始终更多，怎么让个个导演都有工开呢？

新一辈的导演与我感情最好的是桂治洪，他来自台湾，从场记做起，再当副导，一步步爬起，是我推荐给六先生让他当导演的，作品有《愤怒青年》（1973）、《成记茶楼》（1974）等。后来天映公司用数码修复技术发行了多部DVD，桂治洪得到年轻一代的观众重新认识，大赞其作品的大胆和创新，认为是cult类片子（指拍摄手法独特，不以市场为主导的影片）的始祖。

谈到桂治洪，有些鲜为人知的事情，那就是他也拍过多部马来片。在二十世纪七十年代，马来西亚政府说邵氏在大马赚取大量金钱，必须回馈马来人社会，六先生就叫我去制作马来电影。我和桂治洪到了吉隆坡，用当地所有人才，拍了最赚钱的《爱·吾爱》（*Sayang Anakku Sayang*，1976），是"借用"了《儿女是我们的》（1970），而此片，却也是"借用"了《孤雏血泪》（*All Mine to Give*，1957）。

随后又拍了多部，其中有一部马来武侠片，去到了一个小岛拍，桂治洪染上了肝病。他不烟不酒，除了太太之外也没有别的女朋友，是一个最顾家的男人。太太先到美国，说要在当地开一家中国餐厅，桂治洪把储蓄了多年的老本寄了过去，然后到我办公室，叫我替餐厅题个字，高高兴兴地拿着，跟着移民。

结果到了美国，只见人去楼空，钱全部被太太拿走，只剩下两千美金，把他打发。他一个人到处流浪，最后落脚于一个墨西哥小镇，在一家墨西哥人开的比萨店打工。

多年后墨西哥老板退休，把店卖了给他。桂治洪在比萨里下了些味精，墨西哥人没有吃过，大赞鲜美。味精一吃，口也渴了，可乐又大卖，赚了不少钱。每年最大的娱乐，就是乘邮轮周游列国。

一天，我接到他儿子的电话，说父亲遗言，死了第一件事就要通知香港的老友。

另一位年轻导演叫蓝乃才，他在影城附近的一个叫大埔仔的村子出生，十五岁就在影城当小弟。他身材瘦小，但像老鼠般灵活，在片场中钻来钻去，大家给他取了个花名叫老鼠仔。因勤奋好学，得到日本摄影师西本正赏识，一步步升上，最后当了导演，拍《城寨出来者》（1982），至今还被影评人赞许。后来我在嘉禾和日本人合作，未开镜已得到大笔资金，成不败之作，拍了《阿修罗》（1989）和《孔雀王子》（1989）。同年也外借给日本公司拍日本片《帝都大战》（1989），他在一九九二年导演的《力王》，成为cult片的经典，但商业片始终并非蓝乃才所好。

因为他结婚得早，儿子像他的朋友，儿子去到哪里工作他跟到哪里。二〇〇八年时，他还在粤北山区的孤儿院当义工。最后在哈苏摄影机公司当顾问，周游世界，用哈苏相机拍下多幅艺术作品。不见他多年，我最怀念的是这位老友。

在二十世纪七十年代，尖沙咀有一家出名的沪菜馆叫"一品香"，位于金巴利新街，走进门口就能看到一个巨大的铜制火锅，里面卖油豆腐粉丝，另外还有一个凉菜档口，卖数十样的小吃，像玻璃肉、熏鲫鱼、油爆虾、羊膏、酱鸭、红肠等等。花样之多，是当今上海馆子看不到的。

"一品香"的熟客龙蛇混杂，最多的是漂亮的欢场小姐，由火山孝子带来吃消夜。我最爱去此店，为的是喜欢听伙计和客人讲故事。各种人物都有，都是活生生的，萌起我想拍此类电影，带头写了《龙虎武师》这个剧本，拍成《香港奇案》（1976）中一个故事。结果这个系列大受欢迎，也启发了后来一代的奇案片和电视片集。

"香港奇案"系列电影用的多是年轻导演，当然有桂治洪和华山等人，出色的还有孙仲拍的《庙街皇后》（1977）。

孙仲来自台湾，是山东人，个性火爆。一次听到方小姐批评他不懂电影，又在服装和道具的采购中设诸多阻碍，光起火来，直冲到方小姐的办公室叫骂。

我的办公室就在隔壁，听到了即刻出来阻止，说要打女人先得过我这一关。孙仲平时和我有说有笑，也给我三分薄面，算摆平了。事后有人向方小姐建议应该炒这种人鱿鱼，但她说千万不可，我在明他在暗，万一对方怀恨于心，来复仇怎么办？此事结果不了了之。

在邵氏机构，要买一个电灯泡也得先写一张申请单。方小姐成立的采购组看完单子后到每家电器行去比价，找到最便宜的，然后替你买来，我们这边急着要用，一组工作人员拼命在等，也不管你。

"我们采购组买到的，一定是最便宜的。"

这句话真的吗？真的。你去东家买开了，给你一个价钱，采购组跑到西家，说接下来我给你长期订单，你算便宜点给我。当然，我是西家的话一定答应，就算这单生意亏本也要做，别的东西提高价钱能赚回来呀。

拍一场市集戏街景，一定有些菜档。本来买开的那一档白菜五块钱一斤，采购组就有本领买到四块钱一斤的。同样的白菜，样子一模一样，但便宜的只摆个一两天就坏了，贵一点的那档却能摆四五天。采购组不管，只要有数据给六先生看我买得便宜一点的就是。

这一点，那一点，这一张单子，等比价；那一张单子，也等比价。人手多，时间也得拖长，整组的工作人员，包括导演、副导演、场记、摄影师、助手、灯光师、服装、道具等等，甚至到倒茶水给你喝的大姐们，小的一组几十人，大的上百人，还不算演员、茄喱啡（临时演员或配角）和武师等等，这些人的薪金加起来也是一个大数目。但是不管了，只要有减完价的数目给老板看到就是。采购组的势力越来越壮大，简直就像明朝的东厂。

有采购组，买的东西越便宜越好，日子久了，就在画面上看到次等货，水平也就降低了。张曾泽去拍《吉祥赌坊》（1972）时，采购组买来的布料做出的服装难看到极点，向我诉苦。我年轻气盛，跑去和采购组理论，到最后亲自负担起服装设计的工作，自己跑到裕华去找布料，又请了当年最好的师傅来做戏服，出来的成绩明显不同。许多观众，包括星马和台湾的都去裕华买与何莉莉同样的衣服，替裕华赚了一大笔钱。后来服装部再去买，也算得很便宜。

但是小数怕长计的大道理总是行得通的。李小龙来谈片酬，以美金算，显然是贵。方小姐说如果答应了，今后公司的大明星都要求加薪，那怎么办？最后，只有把这个人才放弃，钱给嘉禾赚去。

同样地，本来培养出来的明星，像《大军阀》（1972）的许冠文也因片酬谈不拢而放弃。嘉禾的冒起，真是拜方小姐所赐。

之前我也提过，电影是一种烧银纸给观众看的行业，样样为了节省，质量当然下降，加上新艺城、德宝等新电影公司的崛起，邵氏的票房便节节败退。

一天六先生皱着眉头问："再下去怎么办？再下去怎么办？"

聪明的六先生不会不知道，我要说也是多余，方小姐的势力已稳固，六先生明知电影的天下已保不住，就转向电视方面发展。他一早就拥有TVB（无线电视）的大股权，那时候方小姐还没有把魔掌伸过去。电视台是一个巨大的赚钱工具，不过当年我心里也在想，如果用同样的手法处理电视台，终有一天会步邵氏的后尘。

有一天，六先生也向我谈到如何阻止别的公司的发展。我大胆地建议："香港的戏院也只有那么几家，把戏院全部买下，他们哪里跑？而且香港的地皮也只会一天比一天贵，这笔投资，是做得过的。"

六先生听后笑着说："你讲的并不是没有道理，但是地产这一行很另类。一碰到地产，对金钱的价值观便完全改变，一切都以千万、百万来算，不是我们这种一块钱一块钱赚起的人做得来的。"

方小姐对省钱这方面是有她的一套，但我从来不知道她赚过什么钱。当势力越来越大时，她曾经夸下海口："我代表了观众，深知观众要些什么。"

方小姐拍的第一部戏叫《妙妙女郎》，用了歌星老友仙杜拉（Sandra Lang）当女主角。记得片子在一九七五年十二月二十四日上映的，戏院里面只有阿猫阿狗三四个。六先生做事也够狠，只上映一天就把片子拉下来。

台湾还有一个叫周胖子的，做的水饺最出名，因欠了债逃到香港来。方小姐知道了就叫他来片场的餐厅卖水饺，第一天便排长龙。方小姐去巡视后向周胖子说："就这么一碗碗现做怎么赚得了钱？煮好一大堆，客人叫到就加汤卖才行呀！"

周胖子大骂粗口："你他妈的什么都会！别人都是傻瓜？"说完拍拍屁股走人。

片场给方小姐接掌后，电影的素质越来越低，也越来越不卖钱。三先生知道了，一直叫六先生别让方小姐插手，但六先生就是不听。

两兄弟一向是什么事都有商有量的，后来变成六先生叫三先生别过问。再加上三先生的大儿子邵维锦本来是派到片场接班的，也被方小姐逼走，兄弟间的分歧扩大。

我一向是个最守时的人，中午一到两点是吃饭时间。我在餐厅随便吃，或让朱旭华先生叫到他家吃，扒拉三两下就放下，争取休息个十分钟的时间，再赶回办公室，多年来都是如此。

因为每天在两点整有一个制片会议，起初参加的人只是以主任陈翼青为主，再来是道具和服装主任与木工组、泥工组、漆工组、铁工组、布景师等的十几个头头一齐开会，讨论各个厂棚搭布景的进度和拍摄的日期；后来加入的是采购组和方小姐，这一来可有大转变。

两点整大家坐在那里等，等什么？等方小姐呀。她明明知道要开会，但是每天都一定要大家等她。她本人自己开私人会议，我们就要等，等上一小时算客气，有时一等就两个钟，这么多的主管的人工加起来也不算少。时间就那么白白地浪费，对于我这个最守时的人，这是一种很不愉快的经验。

有一段时间，片场的人都说我的工作被架空了，天天在办公室中写毛笔字。这个说法并不正确，学习书法是真的，我一向对篆刻很有兴趣，由世伯刘作筹先生介绍了冯康侯老师学习。冯老师说要学篆刻一定要由书法开始，不可以一跳跳到刻图章去。我乖乖地练字练个不停，但都是在放工后的私人时间写的，不像别人说我已被"炖冬菇"。

炖冬菇是粤语，工作被架空的意思。是的，一切事务不管大小，方小姐都插手，我在制片方面的工作当然是越来越少了，但我还是每天一早起床听六先生的电话，陪他去看电影，看导演的毛片，剪接过长的电影等等，工作还是繁忙的。

东家不如意打西家，我当然也想过辞职不干。向家父提起，他把这事告诉了三先生。三先生叫我一定得忍，没有他的许可不准离开。

几次要走，都想起三先生这番话。我实在欠三先生太多。新加坡有兵役制度，我人在海外，但也接到征兵的来信。我想这下子完了，我是一个绝对不乖乖服从命令的人。叫我去当兵，我即刻想到《乱世忠魂》（*From Here to Eternity*，1953）这部西片中法兰辛那特拉被军官拿起警棍打死的场面。担心了好久之后，接到新加坡军部的通知说我已免役，松了一口大气。怎么那么幸运？家父来信告诉我，是三先生用他的关系把我给拉了出来。当年三先生已做了新加坡旅游局局长，有权做这种疏通，可是这不是没有代价的，有人密告他私下利用职权谋利。这时三先生大方地把他的小儿子邵维锋送去当兵，说如果要利用职权的话，怎么不将自己的儿子免役？此事才告一段落。

所以我一想到不干，就想到三先生对我的这段恩情，一直留了下来，就算看不惯方小姐的横行霸道。

在宿舍生活时，家父和家母也时常由新加坡到香港来小住几星期，两人都喜欢我妻子张琼文烧的一手好菜。在最后那次，父亲告诉了我一个秘密，那时三先生叫他陪伴，两个七老八十的人，不让别人陪伴，去了东京，下机后直接到银行，打开了兄弟共同的那个保险箱，发现里面空空如也。所有最值钱的地契和股票及金币，全被六先生拿走了。

我听到后能做些什么？三先生对我有救命之恩，六先生在这些年来对我的培养和教导，也是不能忘记的。

事后我向六先生请假，去了新加坡一趟。见到三先生时，本来温文尔雅的他，气得整张脸都红了，他说："如果我身上还有一把手枪，一定一枪把他打死！"

家族遇过几次绑架事件后，警方发了手枪给三先生防身。后来天下太平了，手枪才被政府收回。

想起新加坡罗敏申路的邵氏老办公室，走上楼梯时他们兄弟合抱的那张黑白照片，二人竟然会落到如此下场，不禁唏嘘。

我向三先生说："我对一切无能为力，在片场的工作也不如意，可否辞职？"

三先生听了也黯然，点点头。

回到香港，六先生特意地把我父亲叫到办公室，向他说要做一件惊天动地的事。什么惊天动地的事？那就是把钱一亿一亿地捐给中国建学校。六先生一向精明，连捐钱也精明，他捐钱时，叫对方也出同数目的款项才捐的，那么一来，一亿变两亿。

其实六先生把钱都拿到手，也不必向家父交代些什么，但是说了出来，也许心里会好过一点，我想。

三先生中风的消息传来，一直躺在医院好几年，人没知觉，头发还是不停地生长。六先生最后去看了他一次，两人之间有没有说些什么？三先生听不听得到？这是他们兄弟之间的事了。

六先生由新加坡返港后，我向他提出要离去的事。

他笑笑，摇摇头，说："别走好不好？你走了一大早谁和我聊天？"

看我没什么反应，知道我的去意已坚定，就提出："不如这样吧，我给你一亿，你拿去在外面当独立制片，拍好的片子交给我发行。"

当年的一亿，不算是一笔小数目。我听了之后也学着他笑了笑："这笔制作费，我怎么用，你不过问吗？"

六先生点头："不过问。"

我说："方小姐也不过问？她肯吗？"

这次轮到他笑了。

"这么一来，只有逼着你和她争吵，增加了你的烦恼，我不忍心，还是让我走吧。"我黯然地说。

"你知道你这么做，是你自己辞职，我不必依照劳工法发辞退金给你的？"他说。

"这一点我倒没有想到，是我自己的决定，你不必替我担心。"我说。

我们就那么和平地解决了所有问题。之后，我收到了六先生的支票，比劳工法规定的还要多，是真的想都没有想到的。

我们一直保持着良好的关系。他说我要来和他聊天时，随便来好了，什么人也不必经过。我知道他说的是方小姐，大家都心照不宣。

之后，六先生也邀请了我陪他上内地去，所到之处，都有一群人来向他膜拜，专称他为恩公。

六先生所做的慈善事业无数，在香港到处都可以看到邵逸夫楼。在内地，有官方记录的，所捐款项有四十七亿五千万，建设项目六千零十三个。

但六先生私人财产远超过此数，他告诉我在死去之前要全部捐出。照估计，他一共有二百亿身家。到了晚年，他身体已虚弱，很多事都处理不了。

我离开影城后，旅游了一阵子。也不能一直无所事事，就在外头的独立制片公司拍了几部片子，但越来越发现电影是一种团体合作的行业，除了大亨，绝对不是某某人作品，也越来越知道我喜欢的是看电影，而不是制作电影。我要的是百分之百一个人创作，所以慢慢地转向写作这一方面。一张稿纸要不了几个钱，我要写什么是什么，完全不用受别人的影响。这才是我一直向往的。写专栏的日子渐多，曾经有一个时期，我在最有声誉的《明报》和销路最多的《东方日报》同时写专栏，更有数不清的周刊杂志，在这方面发展得如鱼得水。

一天，嘉禾的何冠昌先生找我，要我进他公司做事，也知道我喜欢旅行，并能用多种语言与外界沟通。嘉禾和日本的合作多，需要我这种人，我们一谈即合。

刚好那时是香港电影最黑暗的时代，各地的恶势力见电影可以到处发行，版权可以经销到世界各国，一些歹徒便来抢生意。更有甚者，向成龙伸出魔掌。邹文怀先生把我叫到他的办公室，说："你即刻带成龙走。"

"去哪里？"我问。

"能去哪里是哪里，有多远走多远！"

"什么时候？"

"今晚。"

我一听，正中下怀。这世界我最喜欢的都市是西班牙的巴塞罗那。那里有毕加索、米罗、达利，还有一座一百年也没有完成的圣家族教堂，是我最崇拜的建筑家高迪的作品。此外，还有数不尽的美食。

我们在那里连写剧本和拍摄，住了整整一年，我也享尽了这一年美好的时光。接着是南斯拉夫和日本等等地方。在工作的余暇，我记载了所有经历，也为我自己今后的旅游事业打下基础。我看准了高级旅行团的生意，认为前途无量。

六先生偶尔也来电话，打听一下外面的制片情况。聪明的他，已从电影发展到电视方面去，但还是每天看电影，一直问我有什么值得看的片子。

嘉
禾

蔡瀾
活过

从邵氏辞职出来，前路茫茫，第一件事当然是到外面找房子。

先决定住哪一个区，很奇怪，我们住惯九龙的人，一生就会住九龙，香港的亦然。清水湾人烟稀少，要强烈对比，唯有旺角，便去附近地产物业铺看出租广告，见亚皆老街一〇〇号有公寓，租金合理，即刻落订。

这是一座十层楼的老大厦，搬了进去，也没想过要怎么装修。邵氏漆工部的同事好心，派一组人花一整天替我把墙壁翻新。我也没买什么家具，之前在日本买的那几叠榻榻米还不残旧，铺在地板上，就开始了新生活。

好奇心重是我的优点。安定下来后，一有时间我便往外跑。旺角真旺，什么都有。我每到一处，必把生活环境摸得清清楚楚。

最喜欢逛的当然是旺角街市。从家里出去几步路就到，每一档卖菜和卖肉的我都仔细观察，选最新鲜的，从此常常去，不换别家。一定要和小贩成为好友，这样他们有什么好的都会留给我。

街市的顶层一向有熟食档，早餐就在粥铺解决，因为我看到他们是怎样煲粥的：用的是一个铜锅。用铜锅来煲粥，依足传统，不会差到哪里去。

另一档吃粥的，在太平道路口，由一家人开的。广东太太每天一早就开始煮粥底，用的是一大块一大块的猪骨，有熟客来到，就免费奉送一块，喜欢啃骨的人大喜。因邻近街市，这里每天都有猪肠等新鲜的内脏。这家人的及第粥做得一流，生意滔滔，忙起来时，先生便会出来帮手。

广东太太嫁的是一位上海先生，他在卖粥的小档口旁边开了一家很小很小的裁缝店，相信手艺不错。只是，我当年还不懂得欣赏长衫，没机会让他表演一下。

在亚皆老街的转角处，开了档牛杂，一走过就闻到香喷喷的味道，很受路过的人欢迎，价钱也非常公道。当年，我已经开始卖文，在《东方日报》的副刊《龙门阵》写稿。诸多专栏中，我最喜欢一位叫萧铜的前辈，他的文字极为简洁，有什么写什么，像"到小食肆，喝酒，原来啤酒是热的，照喝"……

后来我才发现，看他的文章那么多年，不知不觉受了影响，有时自己也想到什么写什么，什么时候停止，什么时候停下，什么时候开始，什么时候断句，都很自然，而且愈自然愈好。

萧铜先生原来大有来头，在上海相当有名望，太太是明星，女儿也是演员。和上海妻子离婚后，他娶了一个广东太太，他叫为"广东婆"。在他的文章里，"广东婆"经常出现，也是他的生活点滴。

我最爱和萧铜先生在牛杂店里饮两杯。那时我的酒量不错，我们两个喝酒的人都不加冰或其他饮料，有什么喝什么。我也是那时才学会喝二锅头的，用竹签插着牛杂下酒，直至店铺打烊为止。

亚皆老街一〇〇号的大厦里，同一层楼中也住了另一位电影人，后来我进了嘉禾才认识。他便是导演张之珏。那时，他还是个跟班，整天和洪金宝那组人混在一起。

这座大厦有部古老的电梯，有道木头的拉门，关上了才另有一扇铁闸。赶时间没好好打招呼的是缪佶人，她是鼎鼎大名的缪骞人的姐姐，真是一位女中豪杰。她是制作高手，电影电视广告等，无一不精通。她性格极为豪爽，粗口"一出成章"，尤其爱打麻将，玩时"妈妈声"地说话，男人都没有她讲得那么传神。缪佶人做过空中小姐，后来她不断去旅行，到过天涯海角。我对她十分敬仰，不知道她现在跑到哪里去了，已多年不见了。

在亚皆老街的横路上有条胜利道，这里好吃的东西最多了。"老夏铭记"就在胜利道上，他们的鱼蛋和鱼饼让人一吃上瘾，就算我后来搬走，也经常回去买来吃。再后来，"老夏铭记"因租金高而迁移到旺角差馆附近继续营业，直到店主最后不做，享清福去了。

后来，胜利道的店铺陆续转为宠物店，愈开愈多。有了宠物店当然有宠物美容铺，也一定有宠物医院。每次经过这里，看到主人抱着病狗，忧心如焚地等待报告时，我都心中暗咒："对你们的父母，有那么好吗？"

说回太平道。以前有家粤菜馆，名字忘记了，是香港第一家走高级路线的。他们用的碗碟是一整套的米通青花，要是保存到现在，也是价值不菲的古董了。张彻和工作人员吃饭，最喜欢到那里去。

由太平道转入，便是自由道。狄龙很会投资，在清水湾道买了一间巨宅，就在李翰祥的隔壁。他在太平道也有间公寓，我时常遇到他们夫妇俩。

另一边，是梭椏道了。那里有个小街市，卖鸡卖鱼，也有档很不错的肠粉铺。在那里，我第一次见到布拉肠粉的制作过程，看得津津有味。

太平道边的火车天桥底下，本来有多个水果摊档，后来被迫搬走。记得总有一档的水果，价钱比其他档的便宜，客人便挤着去买。后来得知，原来那七八档，都是同一个老板。

说完了住，还得解决工作问题。从少年开始跟随六先生，我二十年来一直在电影圈工作，思前想后，还是干回老本行。我到独立制片公司做了一两年，拍一些叫《烈火青春》（1982）、《等待黎明》（1984）之类的片子之后才进嘉禾。

嘉禾的何冠昌先生是我此前在邵氏的老同事，亦师亦友。到嘉禾去，是理所当然的。重要的决定，多是他中午去吃饭时顺道送我回家做出的。在短短的十分钟左右谈完一切，从不啰啰唆唆开什么鸟会。这个阶段，刚好是成龙成名的时候。

第一次见成龙，是在电影摄影棚里。一条古装街道，客栈、酒寮、丝绸店、药铺。各行摊档，铁匠在叮叮当当敲打，马车夫的呼呼喝喝，俨如走入另一个纪元，但是在天桥板上的几十万烛火刺眼照下，提醒你是活在今天。

李翰祥的电影，大家有爱憎的自由。公认的是他对布置的考究是花了心血的，并且，他对演员的要求很高，也是不可否认的。

记得那是拍西门庆追问郓哥的一场，前者由杨群扮饰，后者是个陌生的年轻人。大家奇怪，为什么让一个龙虎武师来演这么重的文戏？

"开麦啦"一声大喊，头上双髻的小郓哥和西门庆的对白都很精彩。一精彩，节奏要吻合，有些词相对地难记，但是两人皆一遍就入脑，没有NG①过。李导演满意地坐下："这小孩在朱牧的戏里演的店小二，给我印象很深。我知道他能把这场戏演好，怎么样，我的眼光不错吧？"

成龙当了天王巨星以后，这段小插曲也跟着被人遗忘。

关于成龙有说不完的故事。当年我监制了他的很多部电影，彼此也有深厚的友情。在以往的书中，对此我也写过不少。成龙当年受到黑社会的威胁，何冠昌先生要找人把他带出香港，还有谁对外国的认识比我更深？他就找我做这件事。他问我要去哪里，我一想就想到巴塞罗那，那里是我最喜欢的四位艺术家的诞生地：画家毕加索、米罗、达利和建筑家高迪。于是我们即刻上路，剧本还没有头绪，也不知要拍些什么，去了再说，结果在西班牙住了一年，工作之余好好研究艺术家的作品，不亦乐乎。

除了西班牙以外，我们陆续去过南斯拉夫、澳大利亚、印度、泰国等地拍电影。那是一个美好的年代，一去就是半年到一年。也是这段日子，让我有了日后创办旅行团的基础。

成龙的事大家都知道，比较少人知道的是成爸爸的事。我跟他比较亲热，只管"爸爸、爸爸"那么称呼。

回忆和成爸爸在一起的日子，笑了起来。

---

① 指演员在拍摄过程中出现失误或笑场，抑或不能达到最佳效果的镜头。

如果成龙有用不完的精力，那都是成爸爸的遗传。在南斯拉夫拍《龙兄虎弟》时，成龙受伤，由八个南斯拉夫女护士日夜照顾。病渐好，成龙转到巴黎的医院疗养，临行时吩咐我要好好感谢她们。我请成爸爸作陪。

先请她们大吃大喝，八个护士本来没有什么表情，醉后却媚态毕露，拉我们两个大男人去跳迪斯科。几个回合下来，我已疲惫不堪，哪知道我们的成爸爸跳个不停。整夜下来，老人家还在径自狂舞，而那八个护士已像死鱼一样躺着，不能动弹。

成爸爸一头灰发，自然卷曲，头大，脸红，时不时咬着大烟斗。手上的白兰地威士忌酒杯，从没看过他放下。说话时，尤其是讲年轻时的得意事时，头微微摇晃，我一直认为乔治·克鲁尼是学他的。

二十世纪六十年代是自由性爱的年代，我想成爸爸的女友比任何人都要多，包括他的儿子。除了酒和女人，成爸爸还爱打点小麻将。有一年拍《城市猎人》，我们租了一艘大邮轮，在海上拍摄。晚上无聊，一群武师引诱成爸爸打麻将，希望捞到一笔。我们四人一桌，打到天明。浪大，就连邮轮也摇个不停，成爸爸和我一面打一面喝酒，若无其事。最后我打个和，那两个武师输给成爸爸，输得清光，连裤子脱了也不够还赌债。

"哈酒。"爸爸一见到我就说。他是山东人，"喝"字听起来像"哈",我就说:"哈就哈。"

两人又大醉。我们的共同点是酒品好,醉后只是微笑,从来没什么吵架的事发生过。

如果说起成龙,当然也绕不开洪金宝。这位"大哥大"至今仍活跃于电影圈,实在让人敬佩。

有一年,我们到美国一面看外景,一面把成龙下一部戏的剧本打磨得尽量完善为止。

住的地方离开纽约约一小时车程。为什么不干脆住在纽约呢?理由很简单,导演洪金宝在这里买了一间屋子。

而洪金宝为什么会选上这地方?因为他的老友郑康业住在附近,他的女儿也在这里上学。两个家庭,大家有个照应。

一行五人,两位编剧、副导、策划与我,本来租了酒店,但洪导演说为方便大家聊至深夜,便搬进他的家。

三千英尺左右的居处,前后花园。整间屋子最吸引人的,就是这个大厨房了。

餐桌在厨房的旁边。我们除了睡觉,一切活动完全围绕在厨房进行。

厨房一角是个大煤气炉,兼有焗炉和微波炉。所有餐具应有尽有,当然有各色的调味品,柴米油盐,更是不在话下。

公仔即食面每箱二十四包，一叠数箱。贮藏室中，罐头食物数百罐。煲汤材料、清补凉、梅菜干、墨鱼干、南北杏、蜜枣、五香八角，数之不尽。

大冰箱被火腿、香肠、鸡蛋、牛奶、蔬菜塞满，冰格中有大块的速冻肉类，随时取出用微波炉解冻，即能煲出各种比阿二靓汤更靓的汤。

基本上，一天七餐是逃不了的。六点钟起床，先来咖啡、茶、面包。到九点正式早餐，有人吃奄姆列，有人下面，中西各凭爱好决定。中餐十二点，炒饭炒河粉，加各色菜肴。四点钟吃下午茶，饼干、蛋糕、三明治和汉堡包。晚上七点正式晚餐，最为丰富，大鱼大肉。半夜十二点吃第一次消夜。谈剧本谈至清晨三点，第二次消夜。第二天六点，又是早餐，不断地"恶性循环"。间中有人疲倦了就去小睡，起来看见的，又是一碗熟腾的靓汤等着你。

由第一天住洪金宝导演家开始，已经吃得不能再动。从此，我们每天喊着要吃清淡一点。

"好。"洪导演说，"今晚只吃水饺如何？"

大家举手同意。

但一到餐桌，发现除了那一百多个水饺，至少加了七八道菜：炖鸡汤、豆腐干炒芹菜辣椒、猪扒洋葱、炒西兰花、冬笋焖肉、蒸鱼、炒饭、蚝油菜心等等等等，饭后的红豆沙冰激凌、酒酿丸子……

看外景的那数天中，回家之前必定到附近的超级市场或唐人街菜市场进货，大小包裹几个人提着。分类之后把塑料空袋一数，至少四十个。

剧本一天天地完成。

食物也一天天地增加。众人技痒，加入烹调队伍。洪太高丽虹中西餐都拿手。工作人员之中，厨技幼稚的炒蛋煎香肠。客串厨师的高手们，偶尔表演，化腐朽为神奇，简单材料煮炒得像满汉全席。晚上将要扔掉的西兰花梗切片，浸在蒜茸指天椒和鱼露之中，第二天便成为一道惹味的泡菜。

一面吃饭，一面谈论香港的餐厅哪间最好。"但是我在台北吃到过更好的。"有人说。这一来，话题又扯得越来越广，全世界的食物都有一个故事。

在美国最浪费时间的是坐在车上，有什么比谈食物更容易打发时间？行车途中，必商量明天吃什么，下一餐吃什么。利用这段时间，把食谱设计好，记录下来，看要买什么材料，一写就是数页纸。大家感叹："写剧本的速度和效率有这么高就发达了。"

厨房和整间屋子的清洁工作全交洪太处理。她除了洗烫各人的衣服之外，还将碗洗得一干二净，又拖厨房地板。真想不到这位大美人那么贤淑。

洪太是位混血儿，但比许多纯种的中国人更中国人，喜读金庸小说，为丈夫当英语翻译兼秘书工作，对我们这群恶客的照顾更是无微不至。金宝兄不知是何时修来的福气，娶到这位娇妻。最大的奇迹，是高小姐跟了洪金宝那么久，竟然不会和他一样肥胖。

洪导演是一位很孝顺父母的人，爱小孩，爱狗只和马匹，厨艺并不逊演技和导演功夫。我们吃他的菜吃得大喊救命时，他又来一道新的佳肴。我们忍不住又伸出筷子。听我们大赞之后，他的口头禅永远是："你们还没有吃过我妈煮的餸呢。"

我们自从在西班牙拍《快餐车》至今已有十多年交情，当时在西班牙，也是他从头煮到尾。摸清他的个性，唯一应付他的方法是带大量普洱，沏出浓如墨汁的茶。一天喝他数十杯，便不怕洪导演的食物攻击。

眼见其他人的脸都逐渐圆满，每人重出十来公斤，不禁窃笑。早叫他们喝茶，还是不听话去喝咖啡，加乳加糖，不增肥有鬼。

终于到了返港的前一个晚上，众人又要求吃得简单。"好。"洪导演说，"今晚只吃咖喱饭，如何？"大家举手同意，他又说："买四只大波士顿龙虾，切来灼咖喱汁，头尾和壳，用来熬豆腐芥菜汤……"

洪金宝餐厅给我们留下的印象，是一辈子的。

电视台

蔡澜 活过

在电影圈工作久了，也慢慢地走向幕前。当年倪匡常请黄霑和我去夜总会，三个人玩得好高兴，那些陪酒的女人都笑得七颠八倒。倪匡兄请了几次，我们当然要回请他。一付钱，才知道一晚要花一两万港币，肉痛死了。酒又不是最好，女人多数很丑，还要我们讲笑话给她们听！不甘心，不如把构思卖给电视台，黄霑拍心口去讲，一谈即合，变成清谈节目。这便是《今夜不设防》的由来。

《今夜不设防》一辑十三个星期播送，一共做了两辑，二十六集，访问了张国荣、成龙、林青霞、钟楚红等当时得令的巨星，当年的尺度也比较大，大家边聊边喝酒，节目一录两个小时，剪成四十分钟出街。到现在大家还不停在网上重温，算是一个经典的节目。

有人以现在的观点来回看当年的节目，说我们不尊重女性，其实我们在做《今夜不设防》的节目时，也绝对没有逼女人喝酒的那种败坏的行为。我们自己喝，但不勉强人家喝。电视上我们会问对方要不要来一杯，她们要是点头，我们就把酒瓶放在她们面前，让她们自己倒来喝。

和女宾们的对话，第一个小时是热身运动，多数是剪掉。到她们有点酒意，谈话比较开放的时候才开始用起。为了让她们更有信心，我们一向向她们说："如果你在录完之后觉得哪些不喜欢的，或者不想告诉太多人的，那么跟我们说剪掉就好了。"

在最后说不必剪的居多，只有一个例外，那就是其中有一位说："我说过'人家都知道我不是处女'那一句，不太好吧。"

我们听了即刻请编导删了。

连这点便宜都不肯占，又怎能说是不尊重女性呢？

写到这里，不得不开始缅怀两位老友。

倪匡的生命中，有许多时代。像毕加索的蓝颜色时代、粉红颜色时代，倪匡有木匠时代、Hi-Fi①时代、金鱼时代、贝壳时代、情妇时代和移民时代等。

每一个时代，他都玩得尽心尽力，成为专家为止。但是，一个时代结束，就从不回头；所收集的，也一件不留。这是他的个性。他的贝壳时代，曾著有多篇论文，寄到国际贝壳学会，受外国专家的赞许，他本人收集的稀少贝壳，要是留下一两个，到现

---

① 英语High-Fidelity的缩写，译为"高保真"。

在也价值连城，但他笑嘻嘻的，一点也不觉得可惜。

倪匡的种种时代我没有亲身涉及，只能道听途说，但是他的演员时代是由我启发的，在这一方面我可有些权威，可以发表点独家资料。

有多方面才能的倪匡，电影剧本写得多，为什么不当演员呢？反正他有一副激情有趣的面孔，许多女人都想捏他一下，叫他当演员，是理所当然的事。

数年前，我监制了一部商业电影叫《原振侠与卫斯理》，由周润发演卫斯理，钱小豪扮原振侠，张曼玉演原振侠的女朋友。内容没什么好谈。商业电影嘛，只要包装包得好就是了，不过由周润发来演卫斯理，倒是最卫斯理的卫斯理了。

言归正传，我想起常和亦舒开玩笑时说，外国人写小说，开始的时候一定是：这是一个又黑暗，又是狂风暴雨的晚上……连《花生漫画》的史努比也这么开头，我让《原振侠与卫斯理》也以"一个又黑暗，又是狂风暴雨的晚上"开始……

布置是一个豪华的客厅，人物都穿着踢死兔①在火炉旁边谈天，外面风雨交作。

贵宾有周润发、钱小豪，少不了原作者，由倪匡扮演自己，

---

① 英语"tuxedo"的中文译名，意即男士无尾半正式晚礼服。

最适当不过了。当年倪匡从来没有上过镜，是个绰头①。但要说服他演戏，总得下一番功夫。

在电话里说明后，他一口拒绝。但我说借的外景地是香港最高贵的会所大厅，而且……而且……他即刻追问："而且什么？"

我说而且还有多名美女，喝的酒是真材实料的路易十三。倪匡即刻答应。我打蛇随棍上，称要穿晚礼服的。

"我才不穿什么踢死兔！"倪匡说，"长袍马褂好了。"

那种气派的场面，怎能跳出一个长袍马褂的中古人？我大叫不不不不。第二天就强迫他去买戏服。

在这之前，我叫制片打电话给代理商去，路易十三的空头支票一开，到时没有实物交代不过去，好在代理商大方，赞助了半打。

我们在置地广场的各家名牌店中，替他选了白衬衫、黑色纽扣和腰带、袖扣和发亮的皮鞋。但就是买不到一件合他的身材的晚礼服。

倪匡长得又肥又矮，在喇叭裤流行的时代，他从来没有感受过，因为他买喇叭裤时，店员量了他的腿长，把喇叭裤脚一截，

---

① 噱头、花招。

就变得不喇叭了。

最后只有到Lane Crawford（连卡佛），试了十几套，到最后店员好歹地在货仓底中找出了一件，试穿之后，意外地合身。倪匡拍额称幸，问店员说怎能找出那么合身的东西。店员也很老实："哦，我想起了，是一个明星七改八改之后订下的，结果他没来拿。他好像姓曾的，对了，叫曾志伟。"

倪匡听了一头乌云，不出声地走出来，我们几人笑得跌在地上，后来才追着跟出去。经过史丹利街的眼镜店，我看到倪匡戴的黑框方形眼镜，一点也没有作家的形象，就把他拉进去。

我选了一副披头士约翰·列侬常戴的圆形眼镜，叫他一试。

"这么小副，会不会显得眼睛更小？"他犹豫。

"不是更小，是根本看不见。"我心里想说，但说不出口。倪匡这个人鬼灵精，早已猜到，瞪了我一眼，那时我才看到一点点。

一切准备就绪，戏开拍了。

灯光师在打闪电效果的时候，我们已经干掉了一瓶路易十三。

倪匡被大明星和专门请来的高大的时装模特儿包围，乐不可支。他穿起那套晚礼服，居然也有外国绅士的样子。

周润发等演员都喝了酒，有点微醉，大舌头地讲对白，轮到倪匡，他口齿伶俐，一点也没有平时讲话的口吃毛病，把对白交代得一清二楚。因为没有人可以配他口气，当时是现场收音的，竟然一次过地OK，没有NG。

周围的人都拍掌，说他是一个天生的演员。

一位大波妹模特儿大赞："真像一个作家。"

倪匡又瞪了她一眼："本来就是作家嘛。演作家还不像作家，不会去死？"

戏拍完后，倪匡上了瘾，从此进入演员时代。

他也爱上那副圆形眼镜，还问我说电影道具是否可以留下。我说我是监制，说留下就留下。不但如此，连那套踢死兔也奉送，因为我知道也不是很多人能穿的。

倪匡的第一部电影拍得很顺利，到了第二部就出了乱子……

那部戏叫《群莺乱舞》，是部描写石塘咀花街时代的怀旧戏。

演员有关之琳、利智、刘嘉玲、王小凤、郑少秋、王晶、张坚庭、郑丹瑞、秦沛等人，现在要召集这群大明星，已不易。

何嘉丽唱的主题曲《夜温柔》，至今绕耳。

"我扮演个什么？"倪匡问。

我回答："嫖客。马上风死掉的嫖客。"

在电话中，我听到倪匡大笑。

后来倪太告诉我，有个无事生非的八婆向她说："蔡澜真会搵倪匡的笨，叫他演作家也就算了，叫他当嫖客，简直是污辱了大作家。"

倪太听了表情不动地说："倪匡扮作家、嫖客，都是本行。"

在片场中搭了一堂豪华的妓院布景，美术指导出身的导演区丁平，一丝不苟地将石塘咀风情重现，连酒席中的斧头牌三星白兰地，也是当年货。

我生不逢年，没有去过石塘咀，现在置身其中，被穿旗袍的美女围绕，一乐也。电影的制梦，令人不能自拔。

和倪匡喝了一轮酒后先告退，回家睡觉，到了半夜，区丁平败坏地打电话吵醒我："大事不妙，倪匡喝醉，不省人事，戏拍不下去了，怎么是好？"

我懒洋洋地化解："继续拍好了。你难道没有听过一个喝醉酒的嫖客？"

区丁平一听也是，挂上电话后就把醉醺醺的倪匡放进轿子里，叫人将其抬进洞房，去开演"鸡仔凤"陈佩珊的苞了！

翌日倪匡清醒，接着拍戏，这时他的演员道德好得不得了，非常投入，因为和他演对手戏的是利智。当年利智选亚姐，没有一个人看好她，倪匡一口咬定非她莫属。利智当选后做演员，当然报答倪匡慧眼识英雄之恩，当他老太爷一般地服侍。倪匡差一点真的马上风。

后来，倪匡对他的演员生涯，更是着迷。

之后，文隽当导演也请他，洪金宝当导演也请他，拍了不少电影。

至于倪匡的片酬，他以日计，每天两万大洋，拍个十天八天，照收二十万。

"值得值得！"文隽大叫，"请了那么一个大作家，香港、台湾……都有市场！"

文隽自己也写文章，在现场对这位文坛老前辈，"倪匡叔"长"倪匡叔"短地招呼。

倪匡又瞪了那看不大到的眼睛："缩，缩，缩！不缩也给你叫缩了！"

所有的电影也不单是文戏，有一次倪匡演火头大将军，洪金宝的戏，怎能不打？

那场戏是和一个大只佬打架，被他一踢，倪匡滚下楼去。

倪匡坚持不用替身，说："我胖得像一粒气球，滚下去一定好看！"

洪金宝说什么也不肯，不过，他说："要是拍的话，留在最后一个镜头。"

倪匡想想，还是临阵退缩，这次可真的被文隽叫应了。

一部接一部，倪匡不只在香港拍戏，还跟着大队到外国去出外景。

林德禄导演的《救命宣言》在香港借不到医院的实景，拉队到新加坡去拍。不是主角的倪匡自掏腰包，坐头等舱，入住五星级酒店，好不威风。

倪匡演一个酩酊大醉的老医生，演对手戏的是后来差点当了他媳妇的李嘉欣。

倪匡戏份颇重，不同以往的客串性质的角色，林德禄对演员的要求也高，但倪匡应对自如，反正医生是没当过；醉，却是拿手的。

有场戏，需内心表情，林德禄拍倪匡的特写。倪匡正在动手术，为人开刀，口戴面罩。

"匡叔！演戏呀！演戏呀！"林德禄叫道。

"戴着这种口罩，怎么演嘛？"倪匡抗议。

"用眼睛演呀，用眼睛演呀！"林德禄大叫。

倪匡气恼，拉掉口罩摔在地下，骂道："你明明知道我眼睛那么小，还叫我用眼睛演戏！你不会去死！"

禄叔垂头丧气，举手投降。

写了几百个剧本，倪匡没有现场的经验，后来不知道拍戏要打光的，他常说，拍戏容易，等待打光最难耐。可以和美女吹牛皮，那又不同。但对着的是李嘉欣，倪匡无奈，只有继续发脾气。

又有一部叫《僵尸医生》，倪匡这次可不演医生，但也不演僵尸，扮的是抓鬼的道士。

倪匡扮相没有林正英那么权威，但滑稽感不逊任何演员，反正是喜剧，他演起来得心应手。

话说那鬼佬吸血僵尸来到香港，还带来一个性感鬼婆女僵尸，倪匡演的道士把女僵尸收服，用手抓着女僵尸的双腿，提上来看看她死去没有。

本来戏的要求是抓着她的双踝的，但倪匡身矮，只能抓到她的双膝，一举起来，正对着吃惯牛油的女僵尸的生殖器，倪匡即刻放手，落荒而逃，那女僵尸跌得差点断颈。

我在旁边看了，大叫："政府机构，民政司处！"

倪匡即刻会意："你这衰仔，用广东话骂我闻正私处！"

说完要以老拳来击我脑，这次轮到我落荒而逃。

和倪匡兄相处，总有无数的乐趣，前些年写过一本叫《老友写老友》的书，详细记录了我们两人之间的交往，天地图书出版了增订版，苏美璐画了两幅非常精彩的插画作为封面，有兴趣的朋友不妨找来看看。

黄霑兄走得早，但我们之间也有很多有趣的回忆。

印象最深的，是他喜欢跑到朋友家中洗澡，当然少不了我家。

每隔一段日子，他就喜欢半夜跑到我家敲门，说要进来洗个澡，每次事后都感到不好意思，便写下一张欠单给内子，说日后写一首歌词来抵债，但欠单越堆越厚，到最后一首歌词都没收到。

后来倪匡兄移民到旧金山，我们三人经常互相用传真机通信联络，但时日久了，见不到面，总是思念。有一年我与黄霑专门飞到美国去探望倪匡兄，并录制成电视节目，那晚我们聊得尽兴。那集节目，也成了我们三个最后一次一同亮相的节目。

写作与旅游

蔡澜 活过

本来电影工作非常繁忙，但干了几十年，开始发现电影都是群体的产物，拍得再好，功劳是大家的，不能说是一个人的作品。我不喜欢受拘束，加上在后期工作得并不如意，便开始找一些副业。主持电视节目是其一，另一样，是后来几十年成了主业的写作。

最开始找我写文章的是周石先生。那时候《东方日报》好像由他一个人负责，包括那版叫《龙门阵》的副刊。周石先生很会发掘新作者，他常请人吃饭，私人聊天，听到对方在饭局上说故事说得精彩，就鼓励他们写东西，我是其中一个。

后来也在《明报》的副刊写过，我有一个专栏，叫《草草不工》，名字用到现在。草草不工，就是不工整，带谦虚的意思。当然，我的文章也属于游戏。当年向冯康侯老师学书法和篆刻，他写了一个印稿给我学刻，就是"草草不工"这四个字，我很喜欢。这方印，在报纸上也用上。

那时候的《明报》副刊人才济济，很不容易挤进去，我在《龙门阵》写的时候，有点成绩，才够胆请倪匡兄推荐给金庸先生。当年金庸先生很重视这一版副刊，作者都要他亲自挑选，结果他观察了我一轮文章之后，才点头。后来做过读者调查，老总潘粤生先生亲自透露，说看我东西的人最多，算是对金庸先生有个交代。

当时的专栏，作者多数讲些身边琐碎杂事，我就专门讲故事，或者描写人物，或者谈谈旅游。每天一篇，都有完整的结构。几位写得久的作者说我写得还好，问题在于耐不耐久，他们没想到我刚开始就有恃而来。

停了写作那几十年之中，我不断地与家父通信，大小事都告诉他，至少一星期一两封。我也一直写信给住在新加坡的一位长辈兼老朋友曾希邦先生。写了专栏，我请他们两位把我从前写过的信寄回来，整箱整箱地寄，等于是翻日记，重看一次，题材就取之不尽了。

这一连载，就写了几十年，到后来《苹果日报》停刊了，一下子没了地盘，我又不想停下，便在社交平台上每天发表一篇日记。很多人问，如何才能坚持？其实还是需要基本功的。

写作的基本功就是看书。写作人基本上是勤于读书的人，需要从小就爱看书。从小不爱文学，最好去做会计师。小时看连环图，大一点看经典，像《三国演义》《水浒传》《西游记》《红楼梦》等，都非看不可。中学时代是做人一生之中最能吸收书本的时候，什么书都生吞活剥。只有在这年代，你才有耐性把长篇的《约翰·克利斯朵夫》《战争与和平》《基度山恩仇记》等看完。像一个发育中的小孩，怎么吃都吃不饱。经过那段时期，就很难接触到那么厚的书了。当然，除了金庸先生的武侠小说。

我总觉得会走路的人就会跳舞，会举笔的人就会写文章。你想当作家？当然可能，不过跳舞的话，舞步总得学，写作也要练习。光讲，是没有用的；你想当作家，就先要拼命写，写，写。发表不发表，是写后的事。为了发表而写，层次总是低一点。不写也得看，每天喊着很忙，很忙，看来看去只是报纸或杂志，视野都狭小了。眼高手低不要紧，至少好过连眼都不高。半桶水也不要紧，好过没有水。当今读者对写作人的要求不高，半桶水也能生存，我就是一个例子。

有人说我的文章太轻松，不能传世，倪匡兄早就有回答。有一次他遇到一位所谓纯文学，或者叫严肃文学的作者。她说："倪匡，你的书不能留世，我的书能够留世。"倪匡听了，笑嘻嘻地说："是的，我的书不能留世，你的书能够留世。你留给你儿子，你儿子留给你孙子，就此而已。"倪匡兄又说："严肃文学，就是没有人看的文学。"

能不能留世，根本就不重要，最重要的是保持一份真，有了这份真，就能接触到读者的心灵。倪匡兄说过我就是靠这份真吃饭，吃了很多年。

去年受伤之后，身心俱疲，本来也想就此搁笔，但得悉很多读者都希望我继续写下去，也就有了写这本书的构思。

总括来说，写作算是我这么多年最重要的工作，甚至比电影还重要。

因为文章写得多了，书也自然出得多。我有一个专栏专门评论餐厅的，是因为当年父母来港，我带他们去茶楼吃点心，遭遇不礼貌对待，自此下定决心，要写关于饮食的文章。慢慢地，有了点成绩，渐渐被称作美食家。

我自己并不喜欢自称为"××家"，但这个身份的确为我带来不少好处。像日本《料理的铁人》这个电视节目，就因为我会日语，又有点饮食的知识，便经常邀请我到现场担任评判。

回想当年，日本最受欢迎的电视节目，并非连续剧，而是关于烧菜的《料理的铁人》。

每星期五播送，一个半小时，播送了许多年。

所谓"铁人"，是由富士电视台选了三个大厨子，分日、法、中三派，让日本各家名餐厅的大师傅挑战，看谁烧菜的本领高强。

拍摄方法有如电影，先来个交响曲及大合唱，三个大厨子在烟雾中升起。一方面以低角度拍挑战者，如巨人般地进场，任由他从三个铁人中选出一个来做决赛。

大会司仪是香港人熟悉的鹿贺丈史，此君就是《抢钱家族》的男主角，穿着钉珠片的绒长袍，设计古怪，色彩鲜艳。

他用夸张的动作和语气，大叫："今天的主题，就是这个！"

掀开大布，原来是螃蟹，或鱿鱼，或鸭，每个星期都不同，决战双方事前不知道是什么。

烧菜时间限定一个小时，要做多少个菜由双方自己决定，但必须在六十分钟内完成。

比赛开始，各人前来拿材料之后，便做将起来，双方允许有两个助手分担工作。

主席位中坐着一名司仪解释过程，他身旁的人叫服部幸应，为大阪出名的"服部料理学院"院长，以专家身份说明各种材料的应用和烧菜的手法。另派一名探子，在现场团团乱转，打听双方欲发的招数，向观众报告。

评判共有三至五人，试双方菜肴，加以评分，以决胜负。我担任过数次，前两次是他们的特别节目，来香港比赛的和在东京举行的国际赛。

铁人方面来头不小，日本菜师传叫道场六三郎，在新桥自创

"银座六三亭"，被公认为最大名厨。法国菜由坂井宏行处理，外国留学后返日，以在新派法国菜中加入怀石料理见称。中菜则以陈建一为代表，他父亲陈建民创办四川饭店，被誉为"四川料理之王"。

国际赛那回在有明运动场举行，现场观众六千多名，由法国和意大利请来的三星名厨和日本人决斗。节目时间延长至两个半钟头。

法国名厨丹尼尔首创菜肴中以汤汁绘画，东西又好吃，实在是高手。意大利名厨胜在菜式适合日本人胃口，又大量加钻石一般贵的意大利白菌。

五个评判中有前首相海部、法国女明星等，都给了意大利人满分，只有我一个欣赏法国人的手艺，结果还是意大利赢了。我跑到后台去安慰丹尼尔，他把我紧紧拥抱，此君当时说要到香港做菜，煮一餐心血来报答。

遇到道场六三郎时，意大利人还是输了。道场六三郎的确有大师傅的风范，他当时六十四岁，精神得很，瞪大了眼睛，沉着应战。意大利人急得手忙脚乱时，他拿着一卷宣纸，用毛笔挥出这次要做的菜名。

名贵佐料任取，道场六三郎在传统日本菜中，已用海胆龙虾等，又加入伊朗鱼子酱、法国鹅肝酱等等，令本来味道单调的怀石料理起了变化，美观又美味。

现场除了观众之外，过去参加过比赛的多位大师傅也出席，各人戴着白色厨师高帽进场，声势浩大。铁人乘直升机降落，也蛮有气氛。结果收视率打破纪录，有两千万人看此节目。

香港那次在海运大厦的停车场举行，搭了个巨大的布景，背着维多利亚港口。由"镛记"大厨梁伟基挑战日籍华人陈建一。

陈建一身材略为肥胖，做菜时很紧张，满头大汗。当天的主题是猪肉，他取材时连猪头也拿走，结果没有用到。梁伟基也同样地有点肥，但比较稳重，他自信地做出几道菜来，甜品还捏了十几只小猪，放进焗炉中烤后，更像乳猪，完成了拿出来，动了一动，小猪们像活生生地跳跃着。

梁伟基在烧菜时极有把握，大镬数次冒出熊熊巨火，他又一面炒一面叫观众打气，表演精神十足，菜式精彩，惹得众人大力鼓掌。

陈建一的四川风味在烹调技巧和色香中略输一筹，结果是梁师傅胜出。

试菜过程中由司仪鹿贺丈史询问我们的意见。评判有食家岸朝子和电影明星浅野裕子等人，日本人向来客气，永远是先说好吃，不过怎么样，怎么样，从不坦率批评。成龙、吴家丽和我则是有什么说什么，好吃就说好吃，难吃就说难吃，日本观众大赞说得过瘾。

有时大师傅们用了太多的鱼子酱，我想批评为喧宾夺主，但日文中没这句成语，只好说像一个大相扑手到你家做客，主人看不见了，也简单明了。

富士电视台请到的挑战者都是职业的厨师，他们战胜或打输，都对所属餐厅做了很大的免费宣传。其实，要是让普通观众有机会和铁人斗一斗，也是很好玩的，一个钟头之内，做出十个菜的家庭主妇也不少，这群非专业人士上战场，有大把机会把铁人打得落花流水。

我在节目中经常直言直语，日本人说话比较婉转，听到我说的话，觉得尖锐，从此就给了我一个"辛口"的称号，意指我说话刻薄。本来不是什么好话，但有些大厨也喜欢我的坦率，慢慢地，我便跟当地的饮食界熟悉了，让他们带我去吃各种稀有的东西。

有了这些经验，我觉得可以策划旅行团了。当年网络还不发达，由旅行社组织的旅行团，在价格和行程安排上都比较有优势。那时候香港经济发达，很多懂得生活的富豪，苦于无合适的旅行团可以参加。我便瞄准这个市场，开创了前往日本各个目的地的豪华团，几乎每次刊登广告，旅行团的名额就立即在当天占满。

我办的旅行团，以日本为主要目的地，其中最受欢迎的，是冈山水蜜桃团。

每年到了水蜜桃最成熟的七月底，我们的旅行团就照例在这几天出发，到日本冈山。

日本水蜜桃的鲜甜多汁，最受欢迎，在东京要卖到三千日元一个的。参加旅行团的团友们，到了冈山可以任吃。最高纪录，有一位吃了十八个。

温泉最难讨好，有些人喜欢乡下小旅馆的纯朴，有些人爱豪华酒店的情调。我们的团入住各一，两种滋味都能享受到。

中午在冬菇园吃烤野菌，晚上有螃蟹大餐和神户最好的三田牛肉，难怪大家都满意。

有一年还招呼了丁雄泉先生和他的女友。他见识渊博，也对这个行程非常满意。

航班从香港赤鱲角出发，三个小时四十分钟之后抵达大阪关西国际机场。当晚在大阪住一夜，大吃一顿后休息。

翌日来到第一个温泉——冈山的汤原。青山绿水依旧。小个子，但长得很漂亮的老板娘笑嘻嘻前来欢迎。我们已经成为好朋友，她又多次来过探望我，之后决定在香港开一间日本餐厅，专卖她拿手的乡下菜。我认为她的店与一般的寿司店不同，有生存空间。

这里的泉水最佳，被誉为露天的风吕的横纲，那是套用日本摔跤相扑的名称，是冠军的意思，大家换上浴衣就去泡温泉。

旅馆的地下室有一大澡堂，顶楼有个露天小型的，还有给一家人浸的家族风吕。大胆的团友则走过桥，到对面的公众温泉去泡。那里男女共浴，大家穿着父母亲生下来的"衣服"。

晚餐大师傅表演，用一个大锅，滚面豉汤，再把一尾尾活生生的甜鱼放下去煮熟。甜鱼名副其实地很甜，内脏带苦，也是特色。广东人把苦称为甘，我才明白为什么他们要这样叫。

除了吃水蜜桃，到了秋冬，在同样的路线上可以吃葡萄。可以在果园中任采任吃吗？行，也不行。不像法国葡萄园生得那么多，日本的都在温室中长成，所以一个人只派一把剪刀，看到喜欢的那一串，自己剪下来拿回去吃。

不过，园主将收成好的葡萄放在长桌上，你能吃多少是多少，不能带走罢了。

冈山的"马士各"葡萄，绿颜色，又肥又大，甜美无比。想多买几盒当手信，有家专卖店，填好地址，包装好送到机场。

其实办这个团我有私心，因为汤原的旅馆"八景"，是我最喜欢的日本旅馆之一。

有些人喜欢装修得很高贵的温泉酒店，我却对这种乡村味的旅馆情有独钟，来到这里像回家，前来迎接的老板娘更给我亲切的感觉。

个子矮小，但面孔非常漂亮，胸峰之高，蔚为奇观，团友们都叫她"日本朱茵"。

第一次见面，她三十五岁，狼虎之年，艳丽得诱人。当今看来，依然风情万种，一点也不觉老。

温泉旅馆一般的老板娘，日本人叫为"女大将"的，多为受聘者，汤原这位是真正的主人，家庭富裕，但就是爱上旅馆这一行，由建筑到管理都亲力亲为。

每年来到总看到进步，屋顶多了一个露天浴室，房间翻新又翻新，但不失传统，充分表现祥和和宁静的气氛，是别的旅馆少有的。一点一滴的更新，可见老板娘的心血，全部精力都摆在这家旅馆里面。

到达后先去地下的大浴池浸一浸，这里的泉水无色无味，异常润滑。

室外的，在河的一旁，共有大热、中温和略凉三个池子，为男女共浴，日本已经少之又少，连北海道乡下的，也已经分男女。

出发前，黎明在屋顶上露天的池中再浸一次，池子旁边竖着木牌和小网，由老板娘以美丽的书法写着："泉水的舒适，昆虫飞蛾也迷恋，如果跌进池中，请心灵优秀的客人捞起，救它一命。"

食物还是那么丰富，皆为山中的野菜和溪里的活鱼，每一次去，团友酒醉饭饱，直叹人生如此，夫复何求。这个旅行团的旅客，多数是熟客，团友们参加完一次又一次，是历年来最成功的旅行路线。

除了冈山水蜜桃团值得自豪，另一个与国泰航空合办的北海道旅游团，也是我自己非常喜欢的路线。

北海道其实很大，最多人去的当然是有直航的札幌。但想当年，国泰的这条香港直飞札幌的航线，因为太少人坐而差点要取消，直到我们带团，又带着电视台一起去拍摄旅行特辑，才把这条航线变成国泰最赚钱的航班。这一点陈南禄先生可以做证。

一开始我们最常去的是札幌，后来去多了，团友们希望有新的玩法，我又陆续开发了函馆、阿寒湖等线路。但说到最受欢迎的，始终是传统的札幌路线。虽然路线相同，却可以有不同主题。

香港人受英美文化影响深，到了有闲阶段，就喜欢玩高尔夫球，我在札幌办过几次，很受欢迎。但我觉得最有意思的，还是办过一次单身母亲旅游团。

叶蕴仪是我发掘出来的明星，十四岁那年主演了我监制的《孔雀王子》和《阿修罗》，光芒毕露，是位天生的好演员。

本来前途无量，但她决定放弃事业，嫁人去也。可惜，婚姻并不美满，替男家生了一对子女后离婚收场。

一般女人受不了这打击，但叶蕴仪带着两个孩子坚强地活了下去。那段时间我们没见面，我只在报纸上看到她的消息。

叶蕴仪学习做篮艺和陶艺，并示范作品，教育下一代，也做过时装和公关等工作，经济独立。我对她又佩服又敬仰，一直想替她做点什么事。"叮"的一声，头上的灯亮了。不如趁现在暑假，组织一旅行团，让天下离了婚的女人集合在一块，到北海道去走走。

孩子们在一望无际的原野中奔跑，到农场亲自饲牛、挤牛乳和做芝士；去美丽的小樽参观玻璃的制作，到朱古力厂吃甜点，到雪糕厂吃冰激凌……

小孩玩乐，大人和叶蕴仪聊聊单身母亲的欢笑和眼泪。我没有这种经验，只有随团去讲几个儿童也能听的笑话，或教他们画画领带。

暑假的北海道，食宿不容易订到。时间匆忙，最为让人困扰。

但是要去的就去，不去的，再多的宣传也没用。我要是自己有小孩，一定给他们最好的，所以那一次只有商务位，吃住一流。孩子父亲，为了赎罪，也应付钱。

一向认为经历过，才会随遇而安。

助手徐燕华自小娇生惯养，总是吃鲍鱼、鱼翅。长大后，一碟普通的春卷也吃得津津有味。她的父母，并没有宠坏她。

当然，单身父亲也欢迎。大家在旅馆浸完温泉、吃过大餐之后互谈心事，也能凑合另一段缘分，也说不定。

带了一群小孩子去旅行，我一向对儿童的印象不佳，觉得他们是怪物，或是外星人。

一个同样的动作，做了又做。有时，他们会藏在桌子下面，忽然露出脸来吓你。你一有反应笑了出来，这下可好，他们又藏又露，永远一样。一做，就做了两小时。

精力充沛，说话、唱歌，跳上跳下，来个没完没了。头昏脑涨，喊停又不行，到底是别人家孩子，你有什么权利指责？

小鬼们又偏食，总要妈妈哄骗一番，才肯吃一口。喜欢的还吞几口，外表新奇的绝对不去碰。这只维持一段很短的时间，到了成长期，这一顿吃得饱饱的，走出餐厅，肚子又饿，简直是消化奇兵。我供应他们的食物，多也不是，少也不是，真头痛。

但是，这些看不顺眼的事，自己小时也经过，怎不反省？

记得做儿童时，喜欢学陀螺，把身体转了又转，转到支持不了，躺在地上，天旋地转。那么愚蠢的事，怎做得出呢？

那么一想，开始对儿童的行为宽恕了很多，见到那些重复又重复的动作，似乎有了理解。仔细观察，像看小动物的纪录片，的确有点可爱。

其中一位不断画画，我也在纸上画并排的五个小圆圈。儿童望着我，不知道我想画些什么。我又在第二个和第四个圆圈之外画一个大圆圈，加上几点，就变成有眼睛和嘴巴的一张脸，惹得他们哈哈大笑，开始对我有点好感。

我令他们发笑，他们表演节目来报答。有一个小女孩扮猫，四处乱爬。握着拳，做洗脸状，发出咪咪的舒服声，也像到极点，接着就模仿抓耗子，守在角落，等老鼠出来一口咬住。可见他们的观察力很强，不然学习不到。我们只要模仿他们扮猫，把自己当成儿童，就可以参加他们的游戏了。

都市的儿童，没看过农场。经历了，毕生难忘。

我已经不知道多少年前去过，上一次是在北海道，兴奋的心情，就和小孩子一样。

先去挤牛奶，切记一定要坐在母牛的侧面，后面的话怕它一发脾气，来那么一脚，就把你踢到"加拉巴"、吕宋去。

抓紧奶袋下的那四根像手指的乳头，往下拉，咦，怎么不像在电视上看到那么容易，挤出的是空气！

力度要用得恰好，不可太大力或太轻。指导的农场主人说完，又示范了一下，像在笑说："那么简单的事怎么做不来？"

你挤得出，我也挤得出呀！不服，再把乳头乱拉一通，还是没有效果。气起来，左挤右挤，忽然，奶汁喷出，射得一脸皆是。

农场主人哈哈大笑，我尴尬收场。

把一桶桶的牛奶提入工场。主人解释什么叫全脂奶，什么叫脱脂奶。如何杀菌，高低温的处理有什么不同，听得津津有味，但恨不得马上喝他几口试试。

像知道我的心意，农场主人说："新鲜挤出来的味道最好，不过，要你肚子适应才行，它有微泻作用。少喝点没问题。"

试了一口，又香又浓，岂可罢休？整大瓶吞了下去。

接着示范做牛油，把牛奶装入特制的玻璃瓶中，拼命摇之。摇久了，脂肪由乳液分离出来，凝成一粒黄色的"乒乓球"，真是好玩。

做牛油用的就是这个道理，制造芝士，又是另外一套学问。芝士分农场做的和工厂大量生产的，当然是前者好吃。

又将芝士烟熏，味道更佳。

回程在巴士上肚子叽里咕噜，好在半路找到的洗手间，都很干净。

蓝莓近来被捧为神话般的果实。听说对视力极有帮助，从前英国空军都要吃蓝莓，否则在黑暗之中找不到目的地。

我对蓝莓的印象不佳，到西餐厅，有时当成甜品供应。一吃之下，那么酸！怎成甜品？但是今天在园里采到的又大又甜，蓝色的果实上有层白色的薄霜，像葡萄一样。

前来欢迎的园主长得高大，满脸胡子，戴顶草帽，样子不像东方人，也不像洋人。

"我的祖父是英国人。"他解释。

我开门见山地问："那么多种水果，为什么只种蓝莓？"

"蓝莓是唯一一种不必施农药的水果。"他的答案准确，说服力极强。

"不怕生虫吗？"

"春天有大量毛虫滋生。"他说，"不过，我们只要喷喷米醋就可以把虫杀死。米醋不是化学品。"

"怎么会想到来北海道耕田？"

"我本身像你一样，是个写作人。写了二十多本书，有一部是研究田园生活的。写的时候只是东抄西抄，找详细的资料罢了。哪知道北海道农园发展局以为我是专家，说有块地让我实验，就搬来了，那是三十年前的事。"

"人手方面呢？"

"现在农作，全靠机器，有几架拖拉机，我们夫妇加上一两个助手就能搞定。"

说得轻松，但其中辛酸不足为外人道吧？买拖拉机也要钱的呀。

他好像看得出我要讲什么："向银行借，也不是难事。"

对着一望无际的蓝莓地，他说："一粒粒采摘，吃不完做果酱，春天开漂亮的花。到了秋天，蓝莓树像枫叶。一样满山变红。那边有几棵高大的栗子树，果实熟了掉下，一面看红叶一面烤来吃，我已经不能回到城市去了。"

"为什么今年的夏天特别热？"小孩子问。

"根据专家说，"我解释，"是我们的冷气用得过多，热气都排了出去。热气流从北方吹来，本来南面的海风可以把这股热气吹掉的，但是我们都市建造的高楼大厦把它挡住了，吹不走。"

"就像一道屏风。"小孩子天真地说。

"真聪明，"我说，"而且我们的道路愈造愈多，柏油也愈铺愈多，白天把热气收住，晚上放出来，所以到了夜里都不凉的。"

"那么南北极的冰会不会融化？"

"当然喽，接下来的就是到处发生水灾了。"

他担心地问："我们会不会死？"

"不会，不会。"我安慰，"你们这一代没有问题。你们的儿子女儿就不敢担保了，如果不好好保护地球的话。"

"你的意思是叫妈妈买菜时，别用太多塑料袋？"

"这是一个好的开始。"

"听爷爷说，你们吃的东西都好吃，我们的不好吃。"

"是呀。"我说，"我们那时候的东西都不是养殖的，比较鲜甜。"

"我们现在吃的西红柿和粟米都很甜呀？"他反问。

"那是经过基因改造的。放进蝎子的基因，东西又大又甜。"

"有没有害？"

"现在还研究不出。"

"既然什么都不好吃，吃汉堡包最好。"

我不知道怎么回答他了。

小朋友之中，有一位对食物非常有兴趣，绝对是食评家接班人的料子，问道："你吃过真正的老鼠斑吗？"

"吃过。有一股幽香，像在烧沉香时发出的，是现在菲律宾一带的假老鼠斑没有的。"

他听了有无限的羡慕："那黄脚鱲呢？"

"一点泥味也没有，也没有石油气味，很香，还没有拿到桌子上已经闻到。和养殖的不同，但是已经被抓得快要绝种了。"

"野生的，现在怎么找也找不到吗？"

"还是有的，你去流浮山有时还有。"

"流浮山那么远！"

"试好吃的东西，一定要花点工夫呀。"我说，"在你家附近的有一档，但是不太好吃。不如走远一点，到大家都称赞的老字号。"

"凡是老字号一定好吗？"

"那也说不定，"我说，"但是一家人能开那么久，总有点道理。"

"要是不能保持水平呢？"他的口吻有点像大人，"有些老店也不行呀。保持水平那么重要吗？"

我告诉他一个故事：日本有一个很出名的料理人，叫辻嘉一，他教了很多徒弟，其中有一个他最喜欢，但是他不教很多花样，每天一早，就叫这个徒弟煮一碗面豉汤给他喝。徒弟做了三年，师父也喝了三年。每天喝完不称赞，也不批评。后来徒弟才知道，师父教他的是保持一贯的水平，这是最重要的，客人吃了，就吃出瘾来，不光顾不可。

小朋友好像明白了我的话，点点头。

"男人是不是应该有很多女朋友？"一个已经进入思春期的男孩子问。

"这不是应不应该的问题，"我回答，"这是天生的，你父母生出你一副好奇的个性，就自然会让你交很多女朋友；你父母生出你一副循规蹈矩的个性，就自然只有一个了。"

"但是所有的男人都被女性吸引的呀！"

"有些着迷了一辈子，有些只是吸引了一阵子。"

"那么统一来分析是错的了？"他说，"女人呢？是不是同样？"

我说："她们天生冷静，很少因为有很强的冲动而交很多男朋友。"

"你这么说，我爸爸一定是一个好奇心不很强的人，我妈妈相反，所以他们才会每天吵架。"他有点气馁。

"你自己呢？"我问。

"我也是一个好奇心很强的人呀。"

"那么你多几个女朋友也是好的。"

他听了露出喜悦的眼神："从来没有人跟我这么说。大家都告诉我等我长大就知道。"

"这是你的天性，压抑不了的。"

"如果将来我和一个好奇心不强的女人结婚，后果会不会像

188

我的父母？"

他开始担心起来："那怎么办才好？是不是别结婚了？"

"等到你找到一个可以向她说明，她也懂得什么叫人性的女人才结婚。"

"要是她也是一个好奇心很强的人呢？"

"互相理解，互相发展。"我说。

旁边一个大人听到了大骂："蔡先生，你别教坏小孩子。"

我懒洋洋地说："教好他们的人太多，有一个教坏他们的人，也好。"

五天的单身母亲亲子团很成功，北海道的报馆杂志得知后都来采访。回去那天一个个的小家庭大包小包买了吃的穿的，一车车搬走。

札幌机场下车处在楼下，要爬楼梯才能到出发柜台，行李多，但只有等一架小电梯，搞得满头大汗。那年的北海道反常，原本是避暑胜地，竟然有三十摄氏度的气温。

一个陌生小孩子当头大喊："蔡澜。"

非亲非故，小子那么叫前辈是不礼貌的，我人再好，也不能做强笑状，只是不作声。

另一个又是那么大喊，我有点忍不住了，向他说："不可以连名带姓叫年纪比你大的人。"

正在排队过关，前面的一个男人转过头来，又大叫。看他是大人，我的语气已不友善："如果你是女的，那么叫我，我很高兴，可惜你是个麻甩佬，家庭教养又不好。"

朋友的话，要怎样叫我我都不会介意，连名带姓更表示亲热。就算对方叫我为"老蔡"，我也笑嘻嘻"当之无愧"。

父母亲教的，"尊敬比你年纪大的人，爱护比你小的"，我一直牢牢记得。这种做人的基本礼仪是应该遵守，值得遵守的。

当今不知道哪来的野孩子蛮大人，一点社交常识也没有。我要是不出声他们改不了，讲几句，反而对他们今后做人有好处。

走进候机室，国泰机租用日航贵宾厅，日本人多吸烟，里面四分之三为非吸烟区，四分之一可以吞云吐雾。我抽到一半，看到一个小孩，正要熄掉，那小鬼蒙着鼻子，大叫三声"好臭"！这一来我才不管他。他的父母正要抗议，我指着那可以吸烟的牌子，他们作不得声，但还是以怀恨的目光看着我。我把他们当透明，像广东人所说：睬你都傻。

这次单身母亲旅行团的成功，给了我更多灵感，去开发更多不同主题的旅游项目。另一个难忘的旅行团，是苏格兰的威士忌之旅。

老远地跑到苏格兰去，看些什么？

首先，我们要明白，英国在地理上并非一个阳光灿烂的地方。印象中，英国总是阴暗、浓雾、多雨。和英格兰一比，苏格兰更是"穷乡僻壤"，土地贫瘠，蔬菜也种不好，大多数的日子处于严寒。人民在这里生活，并非易事。

但性格上，苏格兰人较英格兰人更纯朴、坚定。强烈的民族性令他们酿出味道强烈的酒，加上高原的清泉，更是令苏格兰威士忌迷倒众生。如果你是个酒鬼，不管你在哪里出生，喝惯任何佳酿，到了最后，总要回到苏格兰的单一麦芽威士忌的怀抱。我们当时要体验的，就是这种威士忌之旅。

午夜从赤鱲角出发，乘的是"维珍航空"，空姐们年轻活泼。这条往返伦敦和香港的航线上，用了有七成以上的香港空姐，比其他公司的人数还多。问起工作情况，她们回答说老板布朗逊爱玩，也没有多少严厉的规则来管束她们，工作是轻松愉快的。

维珍是第一家用鱼骨形座位的公司，面积较为宽阔。要睡觉时可叫空姐来铺床。把掣一拉，可以平卧，再加上一床厚被。大中小号的睡衣任拿，旅途是舒服的，一睡到天明。清晨飞抵伦敦，十一小时，转机再花一个钟，到达目的地苏格兰首府爱丁堡时，已是早上十点钟左右。

机场离市中心只有九英里①，一点也不远。酒店还没有准备好，离午饭还有段时间，我们就先在市内走一圈。市区分老区和新区，山上是著名的爱丁堡古堡，路容易认。

市标是一个尖塔，底阶有一个像，纪念Sir Walter Scott（华特·司各特爵士）。他所著的《劫后英雄传》（*Ivanhoe*）、《红酋罗伯》（*Rob Roy*）、《湖上夫人》（*Lady of the Lake*）等至今还流行，也都拍成电影。

路经一酒吧，以"歹徒"为名，据说这个"歹徒"早上帮人制锁，晚上偷着来开。这个人物被另一作家史蒂文森当男主角，写了名著《化身博士》（*Dr. Jekyll and Mr. Hyde*）。他还有《金银岛》（*Treasure Island*）和《诱拐》（*Kidnapped*）等脍炙人口的小说。

爱丁堡是一个灰暗的城市。我们去的时候正是初夏，阳光普照，但也留下黑漆漆的印象。那是因为老建筑物都以砂岩为外墙，长了霉菌后全变黑了，洗刷起来可能得将国库清仓，还是免了吧。

司机把我们载到全市最老的百货公司"Jenners"（詹纳斯）。它在一八三八年创立，有一百多年了，外墙也是那么灰灰暗暗的，里面的东西更是老土。其实，在香港买惯东西的人，都

会有此感觉，就算其他几间卖最流行商品的也不会引起你的购买欲。但是我们来到苏格兰，就要找有特色的商品，像他们的羊毛线。Jenners有一面墙，布满了各色各样、大大小小的纺织材料，堪称全球最齐全的。喜欢在家织毛线衣的人看到了一定大乐。

是时间吃午饭了。车子路经海岸，看到岸边停泊了一艘船，是退休的皇家游艇不列颠尼亚号（Britannia），它当今成为观光景点之一，也可以在里面喝下午茶。

Fishers（渔夫）是码头上的一家海鲜餐厅，由一座灯塔改建。我们先吞一打苏格兰生蚝，虽不是应季生蚝，并不肥，但鲜美无比。其中也有几个饱满的，味道可真不错，不逊于法国铜蚝。尤其是听到生蚝来自Shetland（设得兰群岛）——苏美璐住的小岛，更加亲切。接下来的海鲜是煎带子、蒸三文鱼，最后烧的一大块羊肉，软熟无比。

侍者是地道的苏格兰女郎，身材高大，样子端庄，英国人形容为"handsome"，不是"英俊"之意，而是指这类令人入迷的典型英国女子。我很想和她拍一张照片留念，但又老又丑的老板娘拼命挤上前来合照。无可奈何，放大后把她裁掉好了。

Fishers有三家，这间最正宗。

酒足饭饱，返回酒店，途中看到山坡，一片黄花，一般的山开满花的不多，问名字，这花叫荆豆（gorse），有刺，很粗生。

海旁是一座有三百年历史的Prestonfield House（普雷斯顿菲尔德之家），为昔时贵族住所，当今卖给了一个干餐饮的James Thomson（詹姆斯·汤姆森）。此君亲自来迎，我们是好顾客嘛，二十四间客房全部给我们包下。

没有机会在苏格兰人家做客，住住这里也行。红天鹅绒的墙布上挂满了老家族的藏画，虽然不是什么名家之作，但拿到古董市场去还是值钱的。大家在赞美此酒店时，我倒觉得它像一间古老的妓院，如果拍相关电影，不必搭布景。

好几个偏厅都有壁炉，木柴由周围的树林中取来，蔬菜水果也是。天井很高，布着浮雕，一流的浴室用品，加上柔软的高级丝绒床垫和布单，能睡个好觉！

晚饭就在酒店里的Rhubarb餐厅进食，喝什么酒好呢？询问是否可以自带，得到答复"没问题"，就从房里把那瓶酒店赠送的放在冰桶内的香槟拿来。啊，一看，有二十四瓶，大家所想的相同。

烛光下，水晶瓶的碰撞声清脆，食物一道道上个不完，但已太疲倦吃不了，还是早睡。接着，我们就乘了一辆叫"The Royal Scotsman"（皇家苏格兰人号）的火车，开始了我们的威士忌之旅。

还没上"The Royal Scotsman"火车之前，先来个仪式。接待人员带我们到爱丁堡的购物街"黄金一里"（The Golden Mile）去，我找到一间叫"Kilt House"的店，专做苏格兰裙子，可在火车晚宴中穿。

男团友都有兴趣，有的租，有的买。前者是全套的，包括鞋子，袜则是新品赠送。

各种颜色，又蓝又绿的最为传统。其实，你爱穿什么就穿什么，也有些是全黑的。我选了一条枣红的。

"裙子里穿不穿底裤？"这当然是众人第一个入脑的问题。答案是从前不穿，当今都穿。

"不穿的话，裙子被风吹起怎么办？"这是第二个问题。原来还有一个银包，各色各样，有的卖得比柏金皮包还贵。这个银包很重，缠在腰间，坠在生殖器上面。这么一来，就不怕风吹了。整套的租金约一千块港币。

长袜中还要藏一把小剑，用来割开苏格兰名食haggis（哈吉斯）。有关此物，请待后述。

"黄金一里"有很多商品，都是些香港人认为不起眼的货物。但有家店可以推荐，那就是茄士咩（粤语方言，即开司米）的专卖店Johnstons（约翰斯顿），连戴安娜王妃也曾光顾过，质量很好。和意大利的名牌一比，这里的东西便宜得很，一件的钱可以买三件。我喜欢的是圆领的羊毛衫，紫色系列的，要了浅、中、深三件。穿起来单调里起变化，才好玩。

午饭在附近的一家小餐厅解决，地方小得不能再小，又是地下室，但几乎世界上的每个电视饮食节目都要来拍。我发现许多好餐厅都有这种简单的白墙黑招牌装修，我们也可依此定律，这样便很少出错。

招牌菜是haggis。做学生时读过罗伯特·彭斯（Robert Burns）的诗——《羊肚脍颂》（*Address to a Haggis*），一直不知道haggis是什么东西，现在根据老苏格兰人的解释：

haggis是一道食物，把羊的心、肝、胃剁碎，加洋葱、麦片、板油、香料和盐后倒入高汤，再把全部食材塞进羊胃里，蒸三小时而成。

它也是另一种类的香肠，可以填进羊肠中，吃时配上"Neeps & Tatties"，也就是芜菁甘蓝、黄萝卜和马铃薯。正式的haggis餐，要有一杯dram，那就是威士忌！

总之，和潮州人的猪肠灌糯米异曲同工。我当然认为我们的比haggis好吃，但苏格兰人绝不会同意。

一客长形、小枕头般大的haggis蒸得热腾腾的上桌。我们正想举起刀叉时，慢点，慢点，原来又有一个仪式：一名穿着整套苏格兰军服，头戴巨型貂毛火柴头帽，手提风笛，又吹又奏的光头大汉走了进来。数曲之后，念完彭斯的诗句，才可以正式开始。

大汉拿出刀剑，把haggis割开，但不能吃，这只是表演用的。厨房里一份份地先煎它一煎，再分给大家。有些人以为有了羊内脏，怕怕。但吃进去，才知没什么异味，满口糊而已，并非什么值得大惊小怪的事。我最欣赏的，倒是那杯dram。

问店主："haggis里面的东西，一定是那几样吗？"回答道："各师各法，这只是一种烹调形式，塞什么进去都行，而现代苏格兰人嫌烦，也不用羊胃来装，只是倒进一个模子中做出来。"

接下来的苏格兰传统菜，都是煮、煎、烤，没有什么值得一说。最后的甜品"Atboll Brose Parfait"，是用Drambuie酒来做冰激凌，倒是我最爱吃的。

又是饱得不能再饱的一餐。一出门口，那位风笛大汉已在等待，他当开路先锋，一面大鸣大奏，一面前行。在爱丁堡Waverley（韦弗利）车站的十一号月台，停着一列十多节车厢的火车，漆成深紫颜色。火车头不是想象中的蒸汽的，而是电动的。我们跟在后面，走入车站，步入车厢，好不威风。旁边的人都以羡慕的目光望着这队东方人。

"The Royal Scotsman"字眼漆满所有车厢，一共只载三十六位客人，分布在十四个双人套房、两个单人房中。还有两节餐车厢，一个布满沙发的客厅，最后是个瞭望台，也只有那里可以吸烟。

全车给我们包下了，要怎么喧哗也没人干涉。这是我们旅行团最过瘾之处。

观察房间，当然没有像邮轮那么宽大。床有两张，洗手间还算舒服，化妆用器高级。

那个一身军服的风笛手有两笔大胡须，每张纪念明信片都有他的照片。他挥着手，目送我们离开。

服务员先自我介绍，捧上鸡尾酒，不喝的人有下午茶、点心和餐厅中任取的樱桃。一切酒水都包在里面，可喝到醉为止。

慢慢行进，速度愈来愈快，看到远方及山上的黄花、河流、草原、羊只。可能是夏天草长得茂盛，绵羊只要吃一个地方就够，不用跑来跑去，好像动也不动的大玩具。

车子进入高原，在达尔维尼（Dalwhinnie）停下，我们到第一个酒庄参观。

威士忌，是"whiskey"或"whisky"的音译，是同一种酒的称呼。而我们到酒吧，通常只是说给我一杯"scotch"，表示要喝的是苏格兰产的，别的地方以同样做法酿制的酒，都不可叫为"scotch"。

我们最先熟悉的威士忌，只是尊尼获加（Johnnie Walker）、芝华士（Chivas）、百龄坛（Ballantine）等。早些年杂货店是从苏格兰乡下一桶桶买来，没有名字，混合了就以店名称之，变为品牌。

当今的时尚人士喝单一麦芽威士忌，以为混合威士忌就不行，其实后者当中的佳酿不少。混合威士忌错在混出来的酒，味道大同小异，不像单一麦芽威士忌那么有个性。

单一麦芽威士忌（single malt whisky）是什么？首先我们有必要将它分开来解释：

单一（single），是指一家厂生产的；而用一个原桶装出来的，叫"single cask"（单桶）。很多单一麦芽威士忌，其实是用很多不同木桶的威士忌调味出来的。

而"malt"是指麦芽，把大麦浸湿了，让它长出芽来，其他谷物，如小麦、裸麦和玉米发芽，都不能用这名称。

既然来到苏格兰，混合威士忌不是我们兴趣所在，要看的当然是单一麦芽威士忌的酒厂。

火车慢慢地向高原进发，我们在顶峰的一个小车站停下，就去喝我们的"下午酒"。

参观的是一个名不见经传的小酒厂，和车站同名，叫Dalwhinnie。

酒厂有两座典型的塔，是蒸馏过程的通风处。塔顶是尖的，尖得有点像东方的塔形，是迷人的建筑焦点。这种塔在今后经过的许多酒厂都见到过。

其实看过一家就够了，其他的也差不多一样。所有需要用来制造威士忌的器具都齐集其中：有碎大麦的磨、碎麦芽的磨、糖化槽、发酵槽、冷凝器、烈酒收集槽，以及木桶存放处。

令人留下最深刻印象的是蒸馏器，样子像一个巨型的反转烟斗，有的上小下大，像个大葫芦。蒸馏器都是铜制的，擦得光亮耀眼。

大批的大麦送入厂中，由机器碾裂，洒水，放在地板上让它发出芽来。厂长坦白地说："当今做酒厂都节省这个步骤，由专业麦芽厂处理，向他们买就是。你们看到的也只是参观用，整个苏格兰，也只有五家酒厂自己处理麦芽！"

"大概需要多少时间发芽？"

"十二天左右，胚芽破出胞壁后，释出淀粉。如果让它不断地长大，它会分解及利用淀粉，蒸馏后的酒精量就减少了。"

"那要怎么阻止？"

"得烧泥煤（peat）来烘焙，让大麦停止发芽。"

"泥煤？"

厂主拿出一条条黑漆漆的东西："泥土遇到高温或高压就会变成煤。泥煤是成为煤之前的形态，也可以燃烧，它发出的味道直接影响威士忌。好像'艾雷岛'的就很重，喜欢的人爱得要死，讨厌的一闻就跑开。"

麦芽焙干后经过机器磨粉，放入糖化槽加水混合，叫"麦汁"。它会释放出糖，所用的大桶就叫糖化槽。

接下来将麦汁放进发酵槽中，加入酵母，麦汁中的糖分会在酵母的协助下产生酒精，但很稀薄。

这时，大烟斗式的蒸馏器发挥作用。液体加热变气体，又经冷却桶，变成酒精。愈蒸馏愈浓，最后取得的，有七成以上是纯酒精。

但到底有多少度呢？国内的朋友一定会问。

度，英文"proof"，是一个很容易混淆的量法。内地说六十度，就是指含有六十巴仙[1]的酒精。其实用英国的算法，四十个巴仙的酒精，已有七十度。而美国的算法更简单，二度等于一巴仙酒精，八十度的威士忌只有四十度的酒精。故苏格兰威士忌从不写多少度，只写多少巴仙。

蒸馏出来的酒七十多巴仙，那么不是烈死人吗？不，不，还要调了水，再存入橡木桶中。在酒瓶标签上写明年代，如十年或十五年，就是存放在酒桶十年或十五年了，跟红酒的多少年酿制

---

① 香港俚语，指百分比。

的算法不同。而且，各位请别相信你家中藏了三十年的就是陈酒，威士忌一入玻璃瓶中，发酵就停止了。经挥发，你感觉上以为更醇罢了。

木桶的好坏和酿进什么酒，当然最影响威士忌的味道。苏格兰威士忌蒸馏商长途跋涉，跑到西班牙，跑到美国去寻求适合的橡木来制造木桶，但从不用新的。

最好的是藏过雪莉酒（sherry）的西班牙橡木桶，雪莉酒在西班牙酿造后，其空桶运到苏格兰来藏威士忌。威士忌酒厂还会免费把新木桶供应给雪莉酒酒厂，西班牙人当然大乐。而雪莉酒，说也奇怪，味道有点像中国的花雕酒。

也有用美国的橡木桶的。这些桶藏过美国威士忌波本（bourbon），但都被认为是次货了。

参观完制酒的过程，最大乐趣，莫过于在售卖部试饮。Dalwhinnie十五年的酒，味道强烈，但很容易入口，被迈克尔·杰克逊（Michael Jackson）评了七十六分。此迈克尔非彼迈克尔，他是威士忌的"酒圣"。

最后还是买了三四樽换两个木桶浸出的double matured（二次熟成），评分七十九。拿回火车上，吃饭时喝个精光，一乐也。

火车行走时，略为摇晃，本来酒醉饭饱，很容易入眠，但在经过丛林时，有些树枝擦过车顶，沙沙声不断，扰人清梦。正那么担心时，火车停下了，原来到了晚上，火车是停在车站不运行的，大家可以安心睡个好觉。

一觉醒来，呼吸着苏格兰高原的冷空气，人特别清醒。阳光射入餐车，来一顿真正的"苏格兰早餐全套"（full Scottish breakfast）。

所谓"苏格兰早餐全套"，当然有两个蛋，任何形式随你喜欢，煎、炒、水煮、焓熟或奄姆烈。大吃的可以要三粒，康健者可要求只吃蛋白。

接着是烟肉和香肠，分量都极大。再下来有西红柿煮豆、一大碗麦片汤和一大块haggis，和一大块黑布丁（black pudding），另有一块带甜的，当为甜品吧。蘑菇不可缺少，用的是碟子般大的巨菇。洋葱煎得软熟。有个英式薯仔包（potato scone），还有半个西红柿。吃不吃得完是你的事，反正套餐就是那么多。

胃口好的话，可以另叫熏鱼、小牛扒或小羊扒，全部免费任食。

午餐的变化比较少，多数是以海鲜为主，有鱼，有虾和当地的小龙虾。有时也煮成一大锅汤，像法国马赛的"布耶佩斯"。当然，还有吃不完的各式面包、牛油和果酱相配。

晚餐就丰富和隆重多了。各人换上苏格兰裙子的整套礼服，或租或买，但不包括衬衫和领带，给我们自由发挥。十几个男士，浩浩荡荡，围起来拍一张照片留念。

饭后移师到酒吧车厢，有苏格兰乐队正在表演。待音乐由哀怨小调转到激烈节拍的舞曲时，大家纷纷起舞。醉了，连相貌普通的女侍应也当成美女，跳个不停。

火车南下，经过众多名厂，包括了斯贝塞（Speyside）、格兰威特（Glenlivet）、格兰菲迪（Glenfiddich），百富（Balvenie）是我们爱喝的，创始人珍藏（Founder's Reserve）只是十年的，也很喝得过，被评为八十五分。同厂的双木桶十二年（Double Wood 12）更好，八十七分。也有带甜，用port（波特）酒桶藏的波特桶二十一年（Port Wood 21），八十八分。没有标明年份的珍稀（Vintage Cask）也是同分。

我们在Bothiemurchwus森林停下，访问一个有近五百年历史的庭园和住宅，并参加各种户外活动。活动包括山中散步、骑小马一游、骑单车、射箭、开猎枪、溪畔钓鱼和最懒散的"乘巴士周围走走"。

最多人挑选的是射击。别的地方让你开一两枪，这里一给就是几盒二十四粒的霰弹。有些团友玩不厌，打了将近两百发，肩膀差点脱臼。泥制的鸽子，只打碎了三四只，但仍大呼过瘾之极。

有耐性的去钓鱼，当然只钓到一两条小得不能再小的。垂钓者，通常是到菜市场买些大的展示给友人看，但至少这个经验给人学到什么叫"飞钓"。那是用一长竿把线拖得远远的再收回来的一种钓法。

爱更剧烈的运动的话，可以乘小橡皮艇沿激流直下，一路水花飞溅。虽说五月初的苏格兰天气宜人，但是浸得一身湿，一定会发抖发个不停。

散步最舒服，有个专人引导，指出此树叫什么名字。没兴趣的人听了就忘记，我则用苹果手机记下，它有一个叫Penultimate（墨笔）的应用软件，当为记事簿最理想。返港后，把花名木名翻查字典，看看中文是什么。

乘巴士四处游，翻山越岭。看到的苏格兰牛，比普通水牛还要大三倍，绝不骗你。但令人留下深刻印象的是去看鹿，你记得《英女皇》一片中那只绝世无双的巨鹿吗？在野外看到，那是你的幸运。没有女皇命的话，可到鹿场去。

所谓鹿场，也是野生，围起来不让鹿走失而已。其中一群好吃的，变成了驯鹿，听到游客一到就集中起来，从大家手上取食麦片。这种鹿，和我在奈良看到的又有不同。想到有些鹿将被当为桌上食，心有不忍，赶快离开。

所有活动暂告终止，我们来到了主人的家。那位不知道是多少代的园主夫人，打扮得漂漂亮亮的，亲自出来讲述她家族的历史。我没兴趣听，偷偷地四周走走，看看建筑是怎么一个样子。

大厅中当然有个大壁炉。天虽然不冷，也生了个火，反正森林里的柴火是不乏的。壁上挂满家庭的肖像和风景油画，房间各有特色。从前说世上有三样东西最好：美金、日本老婆和英国屋。当今其他两样都变了，但英国屋还有它的风貌。你可以看到，主人和太太一定住在不同的房间，才明白特色在此。美国人绝对不懂，不管房子多大，还要硬着头皮睡在一起。

洗手间最舒服了，有普通人家的客厅那么大，整整齐齐，干干净净，有椅子，有沙发，有书架。在一点异味也没有的环境下梳洗，是多么高级的一种人生享受。

厨师是一位女士，名叫诺尔玛（Norma），供应了茶和咖啡之后，拿出她做得最出色的英式甜饼Shortbread。我们吃的白糖糕是用米做的，英国人用面粉做，只是加白糖而已。成品非常美味，连我这个不吃这类只填饱肚皮东西的人，也连吞几块，要了她一张菜谱：

八盎司①的面粉，八盎司的牛油，四盎司的米粉，四盎司的

---

① 英美制质量或重量单位。1盎司约等于28.3克。

粉糖。混合之后切成块状，放入焗炉，一百七十五摄氏度之下，烘至表面金黄为止。

原来秘诀在于加了米粉，回香港一定试做。

火车又开动了，我们来到了全苏格兰最大的酒厂麦卡伦（Macallan），可以喝个痛快。

火车在斯贝塞停下，麦卡伦酒厂是巨大的，与众不同的。

年轻的公关笑嘻嘻地相迎。她的讲解声音嘹亮，加上变化无穷的手势，简直是一位舞台演员。她指着远方另一座大得不得了的酿酒厂："这是新建的，为了世界市场，我们不能不扩建。"

"什么是世界市场？"我心中说，"是东方市场。"

麦卡伦在全球的崛起，全靠他们用的大麦，称为"黄金的承诺"（The Golden Promise），为苏格兰特有的品种，能酿出个性强烈的威士忌来。

另一个成功因素是他们坚持用西班牙的橡木桶，供给当地酒庄储藏雪莉酒两三年，才运回苏格兰浸他们的威士忌。

两个重要因素配合，才生产出完美的单一麦芽佳酿来。在一九九三年，一瓶六十年的就卖到破纪录的八万七千港币，但数年后，珍稀系列（Fine & Rare Collection），一九二六年的，变成三十万港币，当今还翻了又翻，这个价钱算便宜的了。

在酿酒厂走了一圈，我们最感兴趣的当然还是试酒。该厂权威的试酒师先用一张纸铺在桌面，画了几个不同颜色的圆圈，写着"新酒"（New Make Spirit）、雪莉橡木桶十二年、雪莉橡木桶十八年，和所谓的"雅致橡木桶"（Fine Oaks）二十一年和三十年，共五种酒。

初饮者当然选愈陈愈好，我们喝完雪莉橡木桶十八年，向试酒师点点头，他微笑赞许。最后，我们指着藏在玻璃柜中的特级珍藏（Gran Reserva），翘起手指，还问他有没有麦卡伦或三十年的雪莉酒（30-Year Old, Sherry Oak）。此二酒，皆被"酒圣"评为九十五分。

"那是既优雅又古老的年代了。"他感叹说。

言下之意，我们当然很了解："黄金的承诺"，一九九四年以后，因为此麦珍贵，只用了三十个巴仙。而当今的"雅致橡木桶"，是为了应付亚洲人不断的需求而混成的，雪莉橡木桶只占小部分，大量的只用了美国橡木，浸过波本酒的。

走出来时，看到一辆卡车停着，是运"The Famous Grouse"的。我在"镛记"常喝，甘健成兄叫它"雀仔威"。我问公关经理这辆车来这里干什么。她笑着说："问得好，它是我们的附属公司。"

回到爱丁堡，我们游完古城，在附近走走。有一家威士忌博物馆，里面有数不尽的牌子让客人试饮和采购，不过若要找高级一点的佳酿，还得到那家叫"Royal Mile Whisky"的店里找。

威士忌为什么那么诱人？难道白兰地不能代替？要知道，白兰地的糖分实在高，浅尝无妨，喝多了会生腻。哪有一个地方的人，像香港一样，在二十世纪七八十年代一上桌就摆一瓶白兰地，喝个没完没了？

恕我不懂得欣赏愈卖愈贵的茅台，要是喝到一瓶真的已算幸运。喝完满身酒味，要是叫我选，同样的烈酒，我宁愿喝意大利的果乐葩或俄国的伏特加。

至于喝法，混合的威士忌可加冰，但也得把冰凿成一个橘子般大的圆球，由酒保慢慢雕出来。当今的冰球都是速成的。日本人发明了一个压缩机器，用热水融化巨冰而成，已不太好玩了。

真正的单一麦芽威士忌，能藏个十年已不易。为了保存雪莉橡木桶的香味，还是纯饮较佳。有些人会淋上少少的几滴水，说也奇怪，味道散开更香。

苏格兰地理环境寒冷严峻，几乎长不出蔬菜来，生活不易，人们各顾各的。在别的地方的人看来，他们过于孤寒。关于他们的笑话更是一箩箩写出。他们能够喝一口好一点的，已觉幸福。什么十年二十年，碰也没碰过。我们必须怀着这种心态去了解他们，了解威士忌。

这一次威士忌之旅，印象较深的有乐加维林十六年（Lagavulin 16）、布罗拉三十年（Brora 30）、云顶三十二年（Springbank 32）、皇家格兰乌妮三十六年（Glenury Royal 36）和格兰花格四十年（Glenfarclas 40）。

但牌子不出名的话，高龄酒也不是很贵。香醇度不变，主要看是不是用雪莉橡木桶浸出来的。"麦卡伦雪莉橡木桶"的十八年，也已比"雅致橡木桶"的二十五年、三十年好得多。

威士忌一好，啤酒也一定好。小厂做的白啤酒（Harvest Sun）和黑啤酒（Midnight Sun）味道一流。但说到最好的，还是用橡木桶浸过的苏格兰精酿（Innis & Gunn），包你一喝上瘾。

离开之前，到码头的一家叫"The Kitchin"的餐厅去。这里被誉为苏格兰最好的餐厅，一开始有冷茴香汤，头盘吃鳗鱼和葱，接下来是烧剃刀贝，主菜为猪颈肉和带子相配。另有比目鱼、野鸡、芝士和甜品，一共八道菜。吃得众人大赞，值得推荐。

主厨汤姆·基钦（Tom Kitchin）是位谦虚的年轻人，他不断学习，早已是米其林星级厨师。

微博与网店

蔡澜 活过

随着时代发展，资讯科技也越来越发达。从前，我将旅行的经历写成游记，在报章杂志上刊登，字数够了，便出版成书。自从智能手机及移动互联网普及，我开始每天在网上更新自己的行踪，而我使用得时间最长的平台，便是新浪微博。

在此不得不感谢我的"面痴友人"卢健生兄，是他把我带进微博这个世界的。

在二〇一九年四月十一日那天，微博开了一个简单又庄严的发布会，给了我一个奖状：微博"十年影响力人物"。

拿在手上，才知道不知不觉玩微博已经玩了十年。什么是微博？在这里不厌其烦也重复一下，微博是一个社交平台，功能和外国的推特（现更名为X）一样，注册之后你就可以在计算机、平板电脑和手机上观看和发表自己的意见。有了它，任何人都不能投诉"我没有地盘"了。

连美国总统特朗普也乐此不疲，几乎天天在社交平台上回击反对他的人。微博是一种十分好玩的新游戏，但每一种游戏都有规则，我一加入，即刻声明："只谈风花雪月，不谈政治。"

游戏中有一种叫"粉丝"的人，那就是你的读者或者网友了。这和老一辈的征友专栏一样，先简单地介绍自己一下，如兴趣何在等等，笔友就会来找你。当今科技厉害，一封信就能传播给成千上万的人看到，有些还不止，这要看你的内容引不引得起别人的兴趣。

　　一切都是从零开始的，我的长处是可以将以前写过的稿件中抽出一些来发表，这帮助我接触到更多的网友。而我的特点在于讲吃喝玩乐，已经能引起众多网友的共鸣。

　　像我一早就说吃三文鱼刺身会生虫，吃一定量的猪油对身体有益，等等，都引起一阵阵的反应，也在后来被医学界证实是对的。

　　旅行也给我充分的资料来发表内容。我从前每天都写专栏，在报纸和杂志上发表，当今转换了一个形式，在计算机上写作罢了。

　　我认为每决定做一件事，成功与否是其次，首先要全力以赴，再来就是要做得细微。用这个精神，我勤力地发微博，翻查记录，我已经发了十多万则，每条以十个字来计，也有一百多万字了。

　　中间得到众多网友的支持和鼓励，才能做到。玩微博的人，那些明星，是由公司职员代答，我很珍惜每位网友的意见，虽然不能全部回答，但也尽量做到。因为我曾经写过很多稿件，所以有那种能力来应付，只要问题是有趣的，我答应自己，一定亲自回复。每一条微博，都是我自己手写的。所谓手写，是我不懂得拼音输入法，都是在平板电脑上手写，按到繁体字就以繁体字回答，简体亦然。我认为我的网友，最低标准，是可以读繁体字的。

粉丝的数目不断增加，几百个、几千个、几万个到百万个，至今已有一千多万了，我常开玩笑地说，比香港人口还多。这是一个骄人的数字，我不脸红地自豪。

当上台领奖时，司仪要求我说几句，回答一个问题："你最近觉得最有趣的提问是什么？"

我说："有个网友问我吃狗肉吗，我回答道：'什么？你叫我吃史努比？'"

接着我说，至今为止，最有意义的事是在老朋友曾希邦先生最后那几年叫他注册了微博。曾希邦先生个性孤僻，一肚子不合时宜的想法，朋友虽然不多，但个个都佩服他。他中英文贯通，翻译工作做得一流，又很严谨。在他的晚年，老友一个个去世，有鉴于此，我鼓励他加入了微博，他想不到有那么多网友都是被他做学问的态度感染的。曾先生的晚年，因为有了微博，而不寂寞。

这是真实的例子，也是我爱微博的理由。我希望年轻人多上微博，在那里，他们可以找到志同道合的朋友，这些朋友都是没有利害关系的，非常纯真。

至于我的微博网友是什么样的人呢？可以说都是喜欢吃的。这一点也不坏，喜欢吃的人多数是好人，因为他们没有时间动坏脑筋。

这一群忠实的网友，差不多都见过面，因为他们已知道我的生日，会集中在一起为我祝贺。他们由中国各地聚集在北京、上海、广州等地，我也开饮食大会，请大家吃吃喝喝，真是开心。可惜近年来我更喜欢安静，这些活动也甚少参加了。不过，有时他们听到我的消息，像要出席一些推销新书的活动，他们都会前来替我安排次序。做了几次，都已经是熟手了，有条不紊。

年纪一大，就不喜欢没礼貌的网友，像有些一上来就问候我亲娘的。我就想出一个办法来阻止，玩推特的友人都说这个游戏阻止不了的，但我不信邪，想出由我的长年网友来阻止。有问题不能亲自来到我这里问，要经过这群老友筛选，这就可以完全阻绝无礼之徒。

这种方法虽然有效，但会引起不满的情绪，我就一年一度，在农历新年前后的一个月完全开放微博，我已做好心理准备，有污言秽语也就忍了。这一个月之中，众多问题杀到面前，我一一回复。很奇怪地，竟然已经没有不礼貌的。谢天谢地，谢谢我所有的网友，让我度过美好的新年。

在新浪微博上，我和网友们交流，其乐无穷。

人家都问我："浪费那么多时间在微博上，又无稿费，值得吗？"

值得！而且会上瘾的。其实我花的时间并不多，过往我每天喜欢看一两部电影，当今好戏渐少，把那两三个小时用来回网友的问题，绰绰有余。

"怎么回答得那么快？"这也是很多朋友想知道的。

当年我当电影监制，同时间拍几部戏，每一组工作人员上百名，皆为性格巨星，大家提出的难题，我得即刻回复，已养成习惯，可用在网友身上。

新浪微博还有很大的发展空间，目前的网友多数在内地，但香港的也愈来愈多。我觉得海外华人更应该参加，他们渴望的中国文字、报纸、杂志和书籍在彼方难求，微博可以供应一个更直接、更迅速的免费渠道，是很有刺激性的。

发微博只能用一百四十个字，和明朝小品一样，特点也在于精读。从网友所写的文字之中，我看到很多用词简洁的网友，的确有写作潜能，不如让大家热心参与写作。

故此，我创立了"微小说"的创作空间，网友们可以用局限的一百四十个字，展示一下他们这一方面的才华。

征求书一出笼，收到的微小说无数，有些写得十分精彩，有些因技巧问题，只差了那么一点点，我每篇仔细阅读后，提出修正的方案，让他们再次思考，结果又有不少杰出的文章。

我的好友曾希邦，大我十几岁，一直以希邦兄称呼。听起来像是帮凶，有点滑稽。他的英文名译成Tsang Shih Bong，叫起来像法国小调"C'est Si Bon"，他也常叫自己Si Bon-Si Bon，"很好很好"的意思。

初见希邦兄，是当年他也在我父亲任职的新加坡邵氏公司上班，做的是翻译工作。如果说中英文的造诣，希邦兄是星洲（新加坡）数一数二的人物。

后来他被报馆请去当副刊编辑，我还在中学，用了一个笔名胆粗粗地投稿，被选用了数篇散文。拿了稿费就到酒吧去作乐，遇到了希邦兄。他惊奇地反应："想不到是你这个小子。"从此来往就更多。

一天，他告诉我要结婚了，请我去喝喜酒。记得新娘子非常之漂亮，喝得大醉，上前求吻。

隔了一晚，他太太跑了。后来才知道这是小说中才出现的剧情：她的情人是一个黑社会人物，说不跟他走的话，会杀死希邦兄。当然，那时候他是不知情的，造成的感情伤害多过失去生命。

从此在夜总会和舞厅中更常碰到他。为了避免谈起此事，我向他聊起其他事。当时我的影评写得愈来愈多，有个电影版要我去当编辑。我哪知道怎么编？就一直求他教我，希邦兄从排版的一二三细心地指导。第一版出现了。与其说是我编的，其实完全是希邦兄的功劳。

那时候，我又与几个友好搞摄影。见他愁眉不展，劝他一起玩。这一次，玩得兴起，在他的公寓中开了一个黑房，我们一起冲洗菲林，买Hypo定影液印照片。定影液要保持温度，新加坡天热，只有放进雪柜，他家的不够大，我们各人都贮藏在自己家里的冰箱中。友人的父亲半夜找饮品喝，差点毒死。

到了出国留学的年代，希邦兄与我的书信不绝。隔了数年，知道他在亲友的安排下相亲，娶了现在的太太，是位贤淑的女士，后来还为他生了两位可爱的女儿。大女生下后要取名字，希邦兄一向不从俗，就给她取了一个单名，叫"燎"，燎原之火的"燎"，加上姓曾，更有意义。

多年的报馆生涯之中，他翻译的外电稿文字简单正确，所取之标题也字字珠玑，并非当今报纸的水平可以追得上的。

不过，希邦兄的性格也疾恶如仇。当时有个不学无术的总编要改他标题的一个字，闹得希邦兄差点与他大打出手，结果当然是被辞退了。希邦兄想起此事，说找不到其他工作，差点饿死。

上苍没有忘记照顾有学问的人。这些年来希邦兄不断地著作，写了《黑白集》《蓝蝴蝶》《消磨在戏院里》《浪淘沙》等散文集和小说。退休后，又有舞台剧《夕阳无限好》，翻译作品《和摩利在一起》《古诗英译十九首》《郑板桥家书》等等。最后一本，由天地图书出版，叫《拾荒》。

希邦又对书法有浓厚的兴趣。以他的字迹来看，受颜真卿影响颇深。他说过颜鲁公的《争坐位帖》，是集合了行、草、楷的大全，为登峰造极之作。如果大家觉得颜体只是招牌字，那就大错特错了。

我四十岁时有幸拜冯康侯先生为师，知道希邦对书法的喜爱，我将向冯老师学到的一点一滴用毛笔在宣纸上写信向他报告。一方面多一个人讨论，一方面写了一遍，对书法的认识印象更深。

那么多年来，我一去新加坡，必定和希邦兄促膝长谈。说起我在《明报》和《东方日报》的副刊上开了专栏，两家报纸的题材想起来颇为辛苦。

希邦兄即刻把我从前写给他的信寄了给我，好几大箱，加上家父的书信来往，我得到了两个宝藏。题材滔滔不绝，再也不愁写不出东西来。

时间一跳，来到希邦兄的晚年。两位女儿亭亭玉立，家庭生活也颇为温暖。以希邦兄的个性，要交朋友不易，虽说也有数位敬佩他学问的人来往，但究竟老了也有觉得孤寂的时候。

近些年来，我学了上微博，一种中国式的推特。我每天利用一些本来浪费掉的时间，比如早起思想模糊，看到电视新闻的广告，我都利用来解答网友们的问题，玩得不亦乐乎，粉丝也不断增加。

我极力推荐希邦兄也上微博，起初他还有点抗拒。后来他说当自己是老舍的《茶馆》中的一名客人，自言自语，试试看吧。

每天他发表三条微博，讲翻译、谈人生。微博也不全是一般人士参与，其中做学问的颇多，也都渐渐喜爱上希邦兄的文字。他叫我为他在微博上取个名字。我说他就像一位古时代的老师，无所不懂，就叫"老曾私塾"吧。

这几年来，我看他的身体逐渐转差，好像知道时间已不多了，就鼓励他一起去旅行。两老到了槟城，专程去见一位每天和他交谈的网友，聊得高兴。

终于，由他女儿传来的消息，说他在我生日的八月十八号那天逝世。我人在南美，赶不及去拜祭，在前几天，我又在微博上发了一段消息，说我要去新加坡，将代各位喜欢和敬仰曾希邦先生的网友在他坟上上一炷香。

相信在下面的希邦兄，看到那么多人都怀念他，也会微笑一下吧。

我相信我是第一个发明"微博护法"的人。

微博和外国的推特一样，是个每一个人都可以发表言论的平台，能向别人学习到很多，也有不少人会忽然间跳出来用粗口骂你。这种人在微博上有个术语，叫为"脑残"。污言秽语听起来总不会舒服，国外玩推特的也说绝对防止不了。我不相信邪，就发明了"护法"。

护法是由那一千多万位关注我的"粉丝"中选出的，总人数八十二人。从他们发表的评论，我知道他们是爱护我的，而且知识水平非常之高。学武侠小说，我叫他们为"护法"。

我先设立一个叫"蔡澜知己会"的账号，粉丝们要向我发出评论，必须经过它，而我的护法看到，筛选掉恶意的谩骂，留下中肯的批评，转给我看。

一连好几年，我都在八月广州书香节期间于一间餐厅宴请各位护法。他们来自五湖四海，一共有三桌，大家相谈甚欢："啊，你就是微博上的某某某呀！"

有位叫"快乐bing"，之前从未见过，看到她对出国留学的担忧和顾虑，我一一回答教导，请她当护法。直到她去学厨艺，毕业后回广东才第一次见到她本人。

有位叫"大夫韩一飞"，和他太太两人，男才女貌，在学校是同学，恩爱得不得了，其他护法都叫他们为"神雕侠侣"。韩大夫的太太先出来当电子工程师，让先生安心继续在大学争取更高学位。韩大夫毕业后教电路分析和数字信号处理（digital signal processing）。他人学的是理科，骨子里是文人，也喜爱烹饪，对山东菜的研究尤深，著有《食札思录》，可读性极强。

最早见面的是"住底楼的波子"，她目前定居上海，曾经在香港工作过一段时间，对于吃十分爱好，自己也烧不少拿手小菜。我到上海时去她家里吃过，一百分。"波子"最拿手做英式司空和甜饼，我在和她进行合作，把食物弄到我的淘宝店rosieworld.taobao.com去卖。

在上海的还有"吃饱的幸福"。她是"琉璃工房"杨惠姗的得力助手，人瘦削，胃口极大，食极不肥，永远饥饿，故取了那么一个博名。她先生也是名厨师。所有以煮菜当职业的人，回到家里都不肯下厨，只是这位丈夫例外，在家里拼命烧。"吃饱的幸福"拼命吃，幸福到极点。

说到饭量，来自马来西亚的"MOMOMAGMAG"开河鱼餐厅，强项是资料收集，花名"查侦探"，另一个花名是我取的。有一次她来香港，我请她去粗菜馆，叫了猪油捞饭。她一吃九碗，故称她为"九碗"。

另一位同桌的"獭獭木子"来自澳大利亚的悉尼，对小猫小狗有疯狂的热爱。她的饭量更大，取花名叫"十碗"。

不打不相识的有"ChiaSC"，他最爱喝普洱和收藏茶具，最初他用的微博名不雅，被我指点后不服气，互骂起来，最后成为好友。他为人最为热心，许多"护法"到了广州，他都收留到他家去住，应取花名为"茶公寓"。

"冬山羊"与"Bugdyu"夫妇都是我的"护法"，同样热心。外国"护法"们要在网上购物，他们都会代劳。另一位住在广州的是"未是出家人"，当警察。

住在香港的有"杨翱"，读他的批评时，发现他文采飘逸，又不花一分钱走遍内地，以代人拆字为收入，他目前在我的淘宝网当经理。

同住香港的有"子衿我心子佩我思"，是位唱诗班的高手，对音乐十分有研究，又很喜欢学语言，自修的日文已有水平，又想去学韩语，目前为银行电子部的高层。

在武汉生活的有"张庆微博"，爱好长跑，一头长发飞扬，后来才知她在武汉很有名气，又当杂志编辑又在电台做DJ，在武汉拥有众多的粉丝。

"titi的懒人厨房"住在巴黎，一心一意学跳交际舞，很喜欢喝咖啡，但喝的都是法国人做的咖啡，买他们的咖啡机，爱喝意大利咖啡的网友看了会皱眉头。

"吕若白"看的书极多。这是我的"护法"们的共同点，但动笔写小说的只有她一个。她写后一直寄给我看，要我修改。修改我是不会的，但不停地激发她"可以这么思考，那么描述"，我知道总有一天，能看到她的小说发表。

另一位正在写小说的是"蒙卡"，我也知道他一定会成功的。

"把文翰"的工作是收集中国最好的食材，他不辞劳苦地到各个偏僻的乡村中找寻真正的美食。这种态度，是我敬佩的。现在他有自己的网店，各位有兴趣不妨看看。

"张嘉威爱旅行"，当今他已去意大利当导游，各位去意大利也可以请他带路。

在微博上与我讨论电影的网友不少，"MTOC"是一位很有品位的，看的片子多，发表的评论很中肯。

"赖玉婷"很喜欢游泳，现在她在香港的一家化妆品公司当顾问。女孩子喜欢化妆品是当然的事，将之当职业更有趣。

"护法"中我最宠爱的有"Pollyanna-zhuang"，她一心一意爱甜品，去巴黎蓝带学院专修，又在各名店实习，就快回来为友人的西餐厅工作，拭目以待。

另一位是永远吃不厌巧克力的女孩子，可当三餐，博名叫"巧克力的囚徒NICOLE"，上海艺术学院毕业，长一张娃娃脸，美术功底扎实，任职国际设计公司，香港迪士尼、海洋公园等的设计不少出自她的手笔。

"双鱼的粉丝"是河北女孩，从小在广州打拼，工作认真，个性豪爽，酒量惊人，是一名女汉子，目前为我的淘宝店的采购经理。

由于我介绍了曾希邦上微博，各位"护法"读过了也对他老人家十分敬佩，这是缘分。时常和他在网上交谈的有"松真杉"，曾先生向我说希望见见她。我们两老就去了槟城一趟，大家相谈甚欢。"松真杉"在网上卖燕窝，她做人有良心，可以从她的"松真堂"购买。

爱护曾希邦先生的另有"蠹鱼札记"，看微博名就知道她极爱读书。她的微博名也取自曾先生书上的一句话。曾先生去世后她撰写了一篇纪念文章，非常之动人。

微博实在是一个好玩的平台，现在就说我在微博上认识的朋友吧。

微博上有一个"关注"的功能，浏览一下别人的发言，觉得有意思了就按"关注"，今后他们的评论就能自动跳出来，可以默默地欣赏。看久了，把自己的意见传上，对方也许会回复一两句。久而久之，大家就变成了朋友。

有位"管家的日子"，做的面特别好吃，每次做完一批就在网上拍卖，常常被抢购一空。他最爱喝咖啡，每年数次去日本找最好的咖啡店，当今在上海自己也开了一间，卖精致的食物。他外游时由他的粉丝代为看店。他最爱的朋友是他的一条小狗，叫为少爷。

"老波头"是"管家的日子"的死忠好友，在多家媒体开设美食专栏，著有《不素心》等书。"老波头"最爱吃猪油，自称"猪油帮帮主"，有一群同好跟着他吃猪油。

美食家沈宏非也常出现在微博中，他和我都是《舌尖上的中国》的总顾问，最爱深夜发食物照片，口头禅是："没有这碗×××的夜晚，最难休息。"沈宏非在淘宝上开网店，卖"沈爷的宝贝"，都是他认可的食物。我是被他启发，才开网店的。

"tango2010"是上海朗仪广告公司的董事经理，他"一日一漫画"，非常有意思，而且作品线条优美，属于国家大师级作品，中外人士皆会欣赏，不相信去看看就知道。

"景丰屋"是位丰子恺迷，为此还自己在北京的胡同里开了一间小书局，专卖丰子恺作品，非常之用心，发挥了丰先生的博爱精神，让各地书迷在北京能找到同好的聚脚地。

"颐真的微博"在自己的简介上说："雨夜，小牒，点线香，手边一本好书、一杯香茗、素琴相伴足矣。颐者颐养也，所谓寡欲以养心，静息以养真，守一处和，默契至道。"这些，她都能做到，在外国旅行时最爱去各家博物馆，品位甚高。爱收集陶器和美食，衣着也极讲究，是名真正的淑女。

"黄小山P"是"WSET葡萄酒与烈酒教育基金会"的四级品酒师，感觉特别灵敏，能够品尝出各种牌子的餐酒。第一次写小说《性和葡萄酒饮用指南》，与众不同。

"心泉之家"，原职为北京哈苏品牌总经理，但以美食见称，吃遍北京大街小巷的食肆，所推荐的都极有信用。除了北京，因工作的关系到过各省寻找原汁原味的食物，是我在国内的饮食指南。

"法兰小姬的浮世绘"是位为了看书而活的女人，所读之书不胜枚举，旅居国外，不食人间烟火，每天除了看书还是看书，像是个濒临绝种、应受保护的小动物，非常可爱。

施仁毅为电子游戏设计公司东主，闲时在《明报》写写专栏。他极拥护倪匡，曾为倪匡举办"卫斯理五十周年展"，并主编了《倪学》。

"蓝色手套"是"卫斯理专家"，"倪学七怪"之一，有关倪匡的事，无所不知。

"官也街Frankie"和"官也街玮玮"是一对夫妇，在北京开最热门的火锅店，各大明星都去光顾。"Frankie"的兴趣是养龟，愈养愈大，愈养愈多，对于龟的学问无一不知，也在北京组织"爱龟学会"。相聚时大家拿着他们的大龟出来晒太阳，交换养龟的心得。

卫西谛是位专业影评人，对电影的知识极为丰富，也常组织影展及推崇实验电影。

"StephenFu"是"梦移动"电子书的开发商，精通一切关于计算机的知识，对网页设计、计算机动作等等更有研究。我的电子书全交给他去贩卖，有兴趣可找他的网址：http://www.dreamobile.com.hk。

陈晓卿是《舌尖上的中国》的总导演，当今火爆全国，任职于中央电视台，之前也制作了不少有关中国人文地理的纪录片。

沈星是凤凰卫视的名主持人，上微博上得相当勤力。她的《美女私房菜》拥有很多观众，但她本人爱读书，主持的那档当代作家的节目好过关于美食的。

梁冬是凤凰卫视的另一位前主持，当今他热衷研究中医学问，开有"正安康健"医局，造福人群。

徐智明是"快书包"的主人，他的"一小时之内送货"服务，最适合繁忙的都市人，不但书籍，热门商品如安全套也保证在一个钟头之内送到，对情侣来说是救命恩人。

"莲子清如许"是位西医，但更爱研究中医学问，能做到"双剑合璧"，闲时开店卖各种医疗性的草药枕头，生意滔滔。

另外有蓝乃才导演，当今他到处旅游，用哈苏拍的美景，皆为可观。徐峙立是山东画报出版社的总编辑。刘展耘为摄影大师，每天勤劳地刊出水平极高的照片。陈子善是大学教授，极爱张爱玲，有"张爱玲未亡人"之称，也每天刊出爱猫照片。张新民、殳俏、郑宇晖、董克平都是食家，郑秀文、李珊珊都爱上微博。

还有更多更多的有趣的网友，恕不能一一介绍。末了，要感谢卢健生，是他推荐我上微博的。他也非常喜欢吃面，我叫他为"面痴友人"。他打理过各大手机公司，对手机和计算机最为精通。我不会就问他，即刻解决。

到了七十岁，一般人都退休了，但我劳碌命作祟，总要找点事做。我也知道优哉游哉的乐趣，但是一面作乐，一面赚钱，满足感更胜一筹。

有风险的投资，已不是我这个人生阶段应该付出的担忧，干点小生意，安安稳稳地得到一点点的回报，才是一条大道，但能做些什么呢？

想了又想，不如开个网店吧。

开网店的好处在于不必付贵租，对香港人来说，一大喜事也。

怎么开？很容易，有个地方，叫淘宝。事前先做好功夫，飞去杭州，参观淘宝的总部，奇大无比，简直是一个王国。淘宝网站在二〇一三年时，就拥有近五亿的注册用户数，每天有超过六千万人次的固定访客，在线商品超过八亿件，单日交易额达几十亿人民币，而且每天都在增加。

与淘宝高层的会议中，得知的是：一，商品必须有独特的个性，方能突围；二，如果商品的背后有个故事，更能引起访客的兴趣；三，尽量在各个电子传媒中发布宣传攻势，以引起访客注意。

回来一想，这些条件，我是具有的。

但说起来容易，怎么实行呢？一件商品，卖得好的话，就得趁热打铁，囤很多货发售，但潮流一过，如果卖不动，那怎么办才好？银行界的友人常告诉我，很多生意，愈做愈大，资金不够就去银行借钱，而结果失败的，都是因为存货太多，还不了银行的借款。

做任何一件事，都得学习，吸取前人失败的经验，尽量避免。这么一来，就会发现失败的例子比成功的多，愈来愈多的顾虑，又令人裹足不前了。

我老是说：做，成功的机会是五十五十；不做，机会是零。会教别人，自己呢?

做呀！就胆粗粗地开了一家网店，找设计师做个标志，最后还是用了苏美璐的插图，做了一个叫"蔡澜花花世界"的网店来。

最初尝试卖茶卖酱，符合了第一个要求：商品必须有独特的个性。我把我怎么发展出这些产品的经历娓娓道来，算是符合了第二个要求：要有故事性。至于第三个要求商品推广，我在微博多年下来的努力，回答各位网友问题、每天刊登散文等等，累积了一千多万粉丝，比香港人口还多，可以借这个渠道，积极地推广。

客人来自五湖四海，我必须有一个团队，从而在运输时若产生什么问题，能立即一一解答及安抚顾客。好在发货方面，有一家很有信用的公司，叫顺丰，他们的规模已经能做到像DHL（中外运敦豪）或FedEx（联邦快递）那么完善，甚少差错。

团队的组织和基地的租金等等，都得靠经济支援。这时，在我举办的旅行团中认识了一位很热心，又能信得过的好朋友刘先生，也是我的知己会会长。他本身做高级印刷，在内地有工厂，对我的小生意方案有兴趣，愿意协助，也就水到渠成地成为我的合作伙伴了。

本名为"暴暴茶"的茶叶，我一向认为名字太强烈，当今改为"抱抱茶"，加上"蔡澜咸鱼酱"和其他酱料，即做即卖光，是种小尝试。后续的产品，必须是有季节性和长期性的，我决定从三方面着手：端午的粽子、中秋的月饼和过年的年糕，命名为"童年记忆的美食"系列。

产品都得预售，否则做得太多，又会冒卖不完的风险。虽说现在还早，当今急务，是怎么做年糕了。

在十几年前，当我接到中山三乡的年糕，一打开盒子，竟然有人头那么大。这个年糕，的确让人震撼，也唤起小孩吃到的回忆，那时的年糕，是那么大的。

我即刻赶去中山市，寻找为我制作的忠师傅，忠师傅与我结交多年，对食物的制作态度严谨，有一份很顽固的执着，又坚持做原汁原味的东西，和我的理念是一致的。

广东省中山市三乡种满了香蕉，我首先看到的是一望无际的香蕉园。包裹年糕的最原始材料，采取了大片的香蕉叶，先洗净及高温处理，排除一切杂质以及杀菌，方能使用。

再下来是选最好的糯米，磨成后晒干，成为糯米粉，再加最原始的蔗糖，在高温下淋入糯米粉中，反复搓揉，以新鲜的蕉叶包裹，最后才放进巨大的蒸炉中蒸出来。这时的年糕呈浅褐，是砂糖的原色，不加任何人工色素。

制成品真空包装，再装入坚硬的纸盒，在运输过程中不会撞坏。蕉叶本身有防腐作用。年糕送到客人手中，不必放进冰箱，也能摆放十几二十天不会变坏。摆放过程中即使表面发出霉菌，只要用湿纸抹去，即可放心食用。这时的年糕可以切片，就那么煎来吃。再不放心，可以把表面那层切掉，一定没有问题。

依足妈妈的做法，喂了蛋浆再煎，味道更香更妙。加一点油也可，不加无妨，年糕本身有油，不会粘底。真空包装放进雪柜，更可以保存至几个月以上，肚子一饿就煎一片来吃，好过方便面。

年糕重量三千二百五十克。

事前功夫准备好，客户一下订单，我方才制作。一方面是保证新鲜，再来，我不希望因为囤货而亏了老本。一切资料放在"蔡澜花花世界"淘宝店上，通过微博来宣传，这些年来，虽赚不了什么大钱，但每年都有稳定的收入。

我的微博粉丝，是我这些年一直回答他们的问题，一个个赚回来的。

当然不能所有的问题都理睬，而且中间有些莫名其妙，或污言秽语的，就被我召集的近一百名"护法"挡住。一般只能透过一个叫"蔡澜知己会"的帐号才可进入，我私人的不开放。

偶尔，我清闲了，就打开大门，让问题像洪水般涌进来，但只限几个小时。

有一年农历新年之前，我的助理杨翱来电话："蔡先生，如果你在这期间又开放，一定会给"蔡澜花花世界"网店带来不少生意，你就勉为其难吧。"

好，我做事向来尽力，包括宣传我的产品，开放就开放，从农历新年前三个星期开始，一直开放到除夕。这一来，一夜之间就有两三千条问题杀到。

问题愈来愈多，愈答愈热，像乒乓球来来去去时，就可以乘机推广产品照片。让大家看得流口水，订单就来了。那一年农历新年，做了不少买卖。

淘宝店的生意蒸蒸日上，内地出版的书籍也越来越多。

我的书一向由香港的天地图书出版，最初封面只有家父题字的书名，后来统一成苏美璐作画的。写呀写，三十多年来，不知不觉中也出了一百多本。其中以我的《一乐也》专栏汇编成册的

234

有《一乐也》到《十乐也》，再换成一辑《一趣也》到《十趣也》，又以《一妙也》为题出下去，已出《十妙也》了。

后来皇冠的麦成辉兄提议，重新包装印刷精美的专题书，销路不错，也出了多本。

国内的简体字版，最初全为翻版，印刷得也很像样，之后盗版被杜绝，开始有正版，由广东旅游出版社出，较为简陋，还不及翻版的漂亮，后来有改进，愈出愈好。

较为正规的简体字版，由山东画报出版社出版。多年前，是陈子善先生最先发掘我这个香港作家，一直想为我编些书，但可能是因为检查问题，我的主张是吃喝玩乐，当时并不符合民情，没有成功。后来在山东画报出版社的主编徐峙立小姐的努力下，终于面市，有多本还是由陈子善先生编的，至今全部也出了三十多册。

我到汕头吃东西时，认识了当地三联书店的老总李春淮，相谈甚欢。春淮兄常上微博，我也每天回答网友们的问题，两人虽久未见面，但像身边的老友。

近来，在微博上得知汕头的三联书店也做不下去，要关门大吉。那么大的一个汕头市，竟然容不下一间国内大出版社开的书店，感慨万千。

开了几十年老店的春淮兄，竟面临失业。我在微博上询问能为他做些什么，他老兄个性豁达，反而说可以安排我的书由三联出版。

在他的穿针引线下，见了三联北京总部的主编郑勇先生，商讨出版方向，彼方认为可以有系统地出一套丛书，叫为《蔡澜全集》，结合我以前写过的文字。

我的文字，像我的儿子，生了下来就交给人家去管，所以出书时我不多加意见，喜欢的或不喜欢的都编了进去。至于书名，有时由我提出，采用四个字，选较有意境的，像《雾里看花》《醉弄扁舟》《痴人说梦》《狂又何妨》《一点相思》等等，和内容搭不上一点关系。那次由三联出书，用的是什么题目，商讨之后，决定用《蔡澜作品自选集》。

自选集的好处是可以由我那些书中，选出我认为满意的。重读旧作，讲饮食、旅行、人物和感情的，自认较少过时，至于那些谈新科技的，则一律删除。

在编选中，杨翱是位很得力的助手，他是我从那上千万个微博网友中挑选出来的，当然对我的文章认识很深，也很有独立的思考能力。我叫他尽量客观，狠狠去掉他认为不值一读的，不要手软。

书以"蔡澜作品自选集"七个字为名，每一个字，四本为一辑分开出版，书背上也依样设计，合起来看到"蔡"字，就是第一辑，一共七辑二十八本。

这个计划颇大，卖得了那么多书吗？国内读者那么多，应该不必担心吧？有人这么说。但事实并非如此，内地的出版业一直在萎缩。根据调查，目前的书，能卖六七千本，已经不多。那些销路有几十万或上百万的，寥寥可数。

当今科技发达，计算机、电子游戏机等的确抢去不少书本的读者，但主要是我们的书，已经失去浪漫，失去了可读性了。

倪匡兄说得好，书，只分两种，好看的和不好看的。长篇大论，从盘古初开谈起，又把家乡的景色形容成好几章，自然令读者失去阅读的兴趣。辞藻华丽，内容浮浅的，更是卖不了。

我的书，在香港还算是属于畅销的，但从来走不进什么纯文学或严肃文学的殿堂，我也不会追求这些。这几十年来只是不断地写，记载一些我的经历，并没有什么沉重的使命感。

文字方面，尽量浅白、精简，一个多余的字，或一个晦涩的词，都会被我删掉。既然要写作，求发表，就想愈多人买愈奇妙。但也不会刻意去讨好读者，也没这个必要，这么多年来没有遭到遗弃，大概各位是认同了我的真挚。

纸版书是永远不会受到淘汰的，只要作者不走进自命清高的死胡同。

我的书一向没有序，当时应三联同事要求，也写了一篇，是感谢为我大力促成这个自选集的汕头三联书店的李春淮先生。当时我想，如果这辑书能在内地也有好销路，让年轻人回到书店去，就是对李春淮先生有个交代了。

因为这套自选集出版，我也去了内地不少城市宣传，当作旅游。

首先推出第一辑四册，为此到北京做宣传，从一月十八日到二十日，一共三天。

乘最早一班早上八点的港龙，由香港出发，经过前次晚班机的误点，我的经验告诉我，到北京，非早机不可。抵达时已十二点，正好吃中饭，入住金宝街的香港马会会所，已习惯，爱它的原因是餐厅中那碗面，还有他们做得精致的"芥末墩"。各位有机会试试，一定不会失望。

饭后即刻展开工作，到"天地一家"做杂志的访问。这间餐厅由四合院改装，位于黄金地带，装修豪华，食物一般，好在是吃饱了才去的。

访谈一下子做完，拍照片却花了很多时间。摄影名家认真，要我换两套衣服，左拍右拍，又要我双手叉前，做大师状，拒绝了。我讨厌做这个姿势，一般黄毛小子厨师最喜，看了作呕。这一作状款，世界上也只有法国最早的三星师傅保罗·博古斯有资格。

接着在同一地点做新浪微博的微访谈。什么叫"微访谈"？原来是在微博上公布了时限，让网友们发问题，我回答，工作人员把我的答案打成文字，在微博上发表。

"没有影像，为什么要在外边做，这跟在旅馆房间进行，有什么两样？"

我不明白，对方也说不出所以然来。

既来之，则安之，尽管问好了。但是，刻意的活动，网友们反而问不出所以然来，都是可有可无的，看同事们打字打得辛苦，我也用iPad mini来答。感到无趣的我干脆用符号代之，微博上有很多表情的图案，我按的都是打呵欠的。不然就以一字答之，曰："闷。"

我有时在星期天开放微博，让我的粉丝随意评论，反而尖锐得多。平时，只限于在"知己会"提问题，再由我那近一百名"护法"挑选出精简的转来。偶尔，大门打开，众问题涌入，刺激得很，反而有趣。

晚上，我邀请一群友好，在我每到北京必去的"卤煮吕"开餐。

中央电视台《中国味道》监制董克平先生也来了。他的书我拜读过，他对饮食的知识深厚，是位值得尊重的饮食界人物。《100元吃遍北京》的作者小宽也到了，他介绍的地道北京小食，不会差到哪里去。

另有WSET葡萄酒与烈酒教育基金会的四级品酒师黄山，他对评酒的认识颇深。国内能出现此等人物，亦为难得。黄山只喜洋酒，喝不惯中国的烈酒。我也一样。待到了卤煮吕，老板拿出云南老家自酿的青麦酒，用最小的麦粒为原料，一点也没有所谓的"窖香"臭味，不呛喉，非常醇厚，喝了才为之改观。我本来只请老板给黄山一小杯试试，但此君不断举之，最后把店里的全部喝个精光。

央视饮食节目主持人小米、食评家"心泉之家"也都出席，最热闹的是官也街火锅店的那一群，由老板弗兰基（Frankie）和太太带头，集合了在京的港澳同胞：名摄影家刘展耘、词曲作家彭海桐等等。还有阿虎，她赤手空拳，来北京卖咖喱鱼蛋和每天由东莞运来的新鲜甘蔗榨汁，也做出名堂，这类人都是我佩服的。每次官也街Frankie出现，必带着一大堆美女，更是愉快的事。

当晚的菜式有大肠卤煮、麻豆腐、卤干丝等地道北京小吃，最精彩的是蒜香溏心蛋，还有昆明菜数十种，其中一道把背脊肉塞进大肠再炸出来的菜，最为出众。

美酒、美食、美女，人生何求。

喝了那么多，众女生面不改色，再多叫数樽大瓶的二锅头，都干了，最后我回旅馆，她们继续喝去。

第二日，早上到"时尚廊"去做活动。这家书店是北京最有品位的，中英日文书林立，都与生活和时尚有关。书目选择很精，几乎每一本都想带回家去。有一回山东画报出版社为我出书宣传，也在这里办过活动，故不陌生。

和我一块见读者的有汪卫义，他长住京都，是怀石料理的专家，另一位是殳俏，姓氏很多人发音不出，应读为"shū"。我的助手也不懂，有边读边，叫"股小姐"。我向殳俏打趣说："翘屁股，很好呀。"

殳俏是我最看好的国内食评家，上海人，中文基础打得好，从小就得全国作文比赛冠军。她不但对中国饮食的认识深，而且吃遍欧美名厨作品，又在早稻田大学念过书，对日文和日本料理更为精通。

她有多本著作，又在国内最畅销的《三联生活周刊》有定期的专栏和做深入研究的地方美食专题。写潮汕的那篇，更令读者津津乐道。

"稿费高吗？"我问。

"很低。"

"那你怎么到欧洲品尝？"

她吃吃地笑了："所以要嫁一个商界的老公，不然哪里来的钱？"

读者坐满了"时尚廊"的礼堂，看戎俏吃得那么多，身材还是那么娇小，对她发问的多过对我。我和汪卫义都乐于作陪。

午饭也在"时尚廊"的会议室吃了，一碗面，好过什么大餐，又有李春淮先生专程为我们由汕头带来了牛肉丸，还有吃不完的甜品。经理许志强先生说随便吃一点，结果大家都捧着肚子走出来。

接着去做《文坛开卷》的访问，主持人就叫姚文坛，人长得漂亮，来自海南，我还不知道海南岛出了这么一个美女。

内地不只书籍销路不佳，连各电视台的读书节目也一个个消失，《文坛开卷》也属于仅存的数个之一了。我们相谈甚欢，访问时间一下子结束，编导还觉得不够喉，又录多了半小时，之后如何取舍，由他们去了。

当天腊八，也正好是为此辑编书的三联郑勇先生的生日。我到"西贝莜面村"餐厅为他庆祝，先上一只烤羊，来一个仪式，由我扮王爷，哪知扮王爷得先喝三杯烈酒，再由侍者读出一连串的主宾生日祝词，动利刃在羊背上划一个"十"字，才能开动。

羊肉好吃得不得了，当晚菜还有酸奶拌蜜糖、烧羊棒、功夫鱼、烩酸菜、肉夹饼等等，一道又一道，绝对吃不完。

喝碗腊八粥应节，上黄馍馍。《舌尖上的中国》把黄馍馍神化了，餐厅老板触觉很灵，即刻把那做黄馍馍的老人请来，当今已成为该店的一道名菜。各位光顾，不妨一试。

其店铺布满内地，有兴趣地址电话一找即知，每一家分店的水平都保持一致。我十多年前由陈晓卿兄带来，从此不断地前往。

说到陈晓卿，他在第三天的王府井新华书店举行的新书发布会也来。当日节令上写着"大寒"，一点也不错，来了一场大雪，全场也挤满了人。

请了陈晓卿上场，他是《舌尖上的中国》的导演，当今大红大紫，我打趣地说："好在陈晓卿把我的名字放在节目上，说是总顾问，所以才有那么多人认识我。"

晓卿很捧场地说："是因为蔡先生的书，感受了饮食的精神，才启发节目的制作。"

主持人叫郭思思，是二〇一〇年的"西部小姐"冠军，专攻传播，是中央人民广播电台的主持人，口齿伶俐不在话下，对我的著作认识颇深，能与我对答如流，局面又控制得好，没有冷场。在这里告诉大家一个秘密，郭思思最大的爱好是骑电单车，家中有哈雷和杜卡迪数辆，每天上下班都穿一件包得紧紧的皮衣飞驰。本来想坐在她背后，让她做完推广后送我回酒店，但天太冷，作罢。

这个集会是和新浪微博合作的，由他们把微博网友的问题也搬上来，结果现场气氛太热闹，反而是当场发问的居多。

问题尖锐，较做访谈好玩。有一则问香港是否有好餐厅介绍给小孩子吃，我斩钉截铁地回答："没有。"

后来报纸大幅刊载此事，其实我是无心的，我自己没小朋友，不知也。

到了签书时间，大排长龙，我签到一半，走了出去，读者以为是上洗手间，其实主要是一一向他们致意，并请他们耐心等候，一定会签得到。

书局所有的一下子卖光，三联同事补货，也售罄。卖得最快的是毛边书，十分钟内被扫尽。所谓毛边书，是指书装订后，三面任其本然，不施刀削齐。读者要用裁纸刀将书纸逐页剪开，裁后页边起毛，故曰毛边。爱书者，读一页，裁一页，小心翼翼，唯恐破损，乃对作者致最高的敬意。

签名时，几位读者要求我摸摸她们的头。我来者不拒，不断说："又不是活佛灌顶，为什么摸呢？"

圆满结束，感谢为我掀开内页的三联同事唐明星小姐，一连站了近两小时，不吭一声。又多谢新浪的赵晨辰小姐，她负责此次活动的直播及宣传，出力甚多。

晚上，在"满福楼"设宴庆功，这家涮羊肉的馆子我多年前已来过，羊肉不是冷冻刨成圈，而是手工薄切的，一人一火锅，非常好吃。曾为文赞许，这次恰逢该店二十二周年纪念，老板满先生特地宴请四席。

三联同事一桌，"美食与美酒"的奚伊达伉俪，刚好又是"冷笑话精选"的伊光旭生日，又与好友"快书包"的徐智明同行。此二君皆白手起家，靠一个主意打下天下，实在佩服。

我的"护法"老远从广东、香港来打气，又有从上海、济南等四方聚集，真是感激，当然还有官也街Frankie带着的那群美人，再加上新认识的几位才女，共济一堂，好不热闹。大瓶的二锅头开了又开，千杯不倒的女酒徒也有点醉意了。

当晚吃的有羊上脑，那是羊后颈上那片脂肪与肌肉相间的肉，还有最上等的羊肉叫为"黄瓜条"，可惜是全瘦。我教众人，先来一碟叫"羊尾油"的，那是完全的肥膏，三片黄瓜条夹一片羊尾油，涮完一齐进口，大家吃了都说："像一个骚妇伴着两个傻瓜！"

为了宣传我的自选集，我去了各地做签书活动。三联同事认为二三线的都市后来再做，我自己却颇为注重。一听到湖南长沙有书店邀请，我即刻联想到湖北武汉，那里有一位我的读者叫张庆，常出现于电视电台，又主编一本当地畅销的杂志叫《大武汉》，在当地声誉甚佳。

　　"武汉离开长沙多远？"我在微博上问张庆。当今的联络方式，微博比电话电邮传真更直接。

　　"乘高铁，只要一个多小时。"她回答。

　　就那么决定，来一个湖南湖北之旅。其实，去的只有省会长沙和武汉，乡下就没时间到访了。

　　乘港龙航空，不到两小时就飞抵长沙。时值春天，应该百花齐放的时节，公路上有一株株的大树，只有白花，却不见叶子。问什么名字，回答："迎春花。"

　　第一次见，但被污染的大气层笼罩，整个城市黑漆漆，夜沉沉。花再美，也没心情去欣赏了。

　　下榻的喜来登酒店为五星级，很像样，干干净净。房间冷，空调控制器上写着温度，怎么调也调不高，只有请服务员多来张被单。

　　放下行李，就往主办单位的书局跑，那里有茶座和餐厅，中午两餐就在此解决。菜一道道上，来到长沙，不吃红烧肉怎行？

上桌一看，颜色和光泽是对路的。一吃之下，肥的部分烧得极好，味道也不会太甜。由香港带去的助手杨翱问道："瘦肉应该那么柴吗？"

柴，粤语为又老又硬的意思。当然不应该做成这样，我吃过好的，肥瘦皆宜，不是菜的问题，是厨子的问题。

菜一道道地上，我一早吩咐中午时间，随便来碗面好了，但是还是不见面，只见菜。款式虽多，留不下印象，直到吃了蔬菜和鸡蛋，才大声赞好。

原来蔬菜和鸡蛋是由当地美食家古清生先生供应，他著有《人生就是一场觅食》和《食有鱼》二书。他在一个叫"神农架"的地区，自己种植蔬菜和放养鸡只，听到我来，特地老远地带给我吃，真是有心了。

古先生还有自己的有机茶园，沏了红茶，味甚美。绿茶我一向不喝，但他以冷泡方式做出，非常清香。这种沏茶法在各地流行，把干净的茶叶放进矿泉水中，浸它一晚。翌日饮之，喜喝热的加滚水好了，不然就喝室温的，至于会不会释放出大量的茶碱，就不去研究那么多了。茶的产量不多，各位有兴趣的话可上网搜索"古清生茶园"就能找到。

晚上做的读者见面会也很成功，发问的多是较为有知识的话题。完毕后主办单位很客气地招呼我们去娱乐场所："北京叫首都，长沙叫脚都。"

原来，就是沐足的意思。长沙人最大的娱乐就是做脚底按摩，那么多人做，有一定的水平吧？就和大家前往，结果，也不过如此，普普通通。

按摩这回事，不可能每一位技师都是标青的，一定得找"达人"带路才行，那就是专家了。我不敢自称为"吃的专家"，但如果我在香港带人去吃，水平就会有保障。

翌日一早，到当地人认为最好的一家叫"夏记米粉"的小店去吃早餐。长沙人不太吃面，只吃粉。所谓的粉，是像上海面或日本乌冬一样的白面条，和广东的沙河粉或越南的"pho粉"又相差甚远，没什么味道，吃时在上面加料，就是沪人的"浇头"。

店里也卖面，要了一碗，是种干瘪瘪的面条，全无弹性，又没味道的东西。在长沙，没有吃面的传统，和兰州的拉面一比，就知道优劣。

长沙在打仗时，实行过焦土政策，烧毁了整个城市，没什么古迹。路上的砖头重新铺过，用图案设计，较其他城市有文化得多。我们一路散步到江边，这里的建筑仿古，但一点古风也没有，甚至带点俗气。

中午被邀请到全市最有代表性的食肆，叫"火宫殿"。这是游客必访之地，又被称为"长沙小食速成班"，只要吃遍这家餐厅的食物，就能了解长沙的饮食文化。

该店主人知我前来，很客气地安排了一个很大的套间。桌上出现了春风才绿、椿蕨双笋两种冷碟，接着的传统湘菜是：五彩裙边头、阳华海参、毛家红烧肉、东安炸鸡、发丝牛百叶、蛋黄卤虾仁、豆豉蒸鳜鱼、腊味合蒸、小炒花猪肉、熏灼冬苋菜。

再有经典小吃臭豆腐、糖油粑粑、龙脂猪血、葱油粑粑、芝蓉米豆腐、脑髓卷六种。

到了我这个阶段，可以不必说客套话了，那么多菜，并没留下什么深刻的印象。总之，最想吃，又觉得长沙人会做得最好的是红烧肉，结果都是肥肉不错，瘦肉没有一家做得好，也许家庭妇女才会烧得出色。

至于黑漆漆的臭豆腐，外面都烧得脆，而里面不嫩的居多，而那些什么粑粑的民间小食，纪录片拍起来美，外地人吃不惯而皱眉之时，都会被当地人骂为土包子。一笑。

无论如何，传统的东西，都较外来的好。被当地美食家们请到一家被认为最高级的餐厅去，出来的第一道菜，竟然是一个大碟，储满冰，上面几片颜色鲜得暧昧的三文鱼刺身，更是啼笑皆非了。

从湖南的长沙，到湖北的武汉，只要一小时二十六分钟。国内高速铁路的发展，令到武汉为中心点，从前被认为交通不发达的工业城市，当今都成为旅游都市了。

高铁的发展惊人，速度不必说，车厢是干净的，座位是舒适的。一等和二等的分别，只是前者的腿部位置更为宽阔而已，而从长沙到武汉的票价，一等只是二百六十四块半，二等则便宜了一百块钱。怎么说，票价比日本的新干线合理得多。

很安稳地运行，不觉摇晃，只是靠门空位上有数张塑胶矮凳。咦，是干什么来的？一问之下，才知道给买不到座位的客人坐的，而塑胶凳子是谁供应？谁带来？就问不出所以然来了。

湖北话很像四川话，但在车厢中听到的方言，就一句都不懂了。妇女们大声在手提电话中交代家佣琐碎事，几条大汉的对白听起来像争执。这一小时二十六分钟的车，没法子休息一下。

长沙的火车站建得美轮美奂，武汉的也一样。网友张庆和她的同伴小蛮来迎接，她是《大武汉》杂志的主编，同时来的还有崇文书局的公关经理熊芳。

行李可推到停车场，和各大机场一样。国内的机场，只有重要人物才可把车子停到出入口接送，一般客人，不管风雪有多大，总得走一大段路，才到停车场。

车子往城中心走，看到大肚子的烟囱，像核发电厂数十米高大的那种，才想起这是武汉钢铁厂，读书时课本也提过，武汉是中国重工业基地。

酒店在江边，五星级的马哥孛罗，这几年才建的。我记得上次来武汉，已是十多年前的事，当年由电台主持人——名字不容易忘记，姓谈，名笑，他是市中名人——开了车子，到处停泊，也没人去管。当时恰逢夏天，大家都把很大张的竹床搬在街上，一家大小就那么望着星星睡觉。问张庆还有没有这回事，她摇头，说星星也看不见了。

这次同行的还有庄田，她是我微博上的"护法"，特地从广州赶来。还有网上"蔡澜知己会"的"长老"韩韬，他是济南人，在长沙读博士，和太太一起来。一群人分两辆车，浩浩荡荡来到酒店，把行李放下，先去酒店的餐厅医肚。

如果你稍微注意，就知道武汉人最喜欢吃的，就是鸭脖子了。也不顾餐厅同不同意，张庆的同伴小蛮就把一大包鸭脖拿出来。

肚子饿，菜没上，就啃鸭脖子。我对那么大块的鸭颈没有那么大的兴趣，最多吃的是天香楼的酱鸭，脖子部分也切得很薄，仔细地咬出肉来。这里的，酱料有点辣，友人都担心我吃不吃得了，他们忘记我是南洋人，吃辣椒长大的。

味道不错，同样卤得很辣的是鸭肠。我还以为鸭脖子是湖北传统小吃，原来是近十几年才流行起来的。大家爱吃颈项，那么剩下来的肉怎么处置？原来真空包装，卖到外省去也。

食物也讲命运和时运，十多年前来时，流行吃的是烧烤鱼，用的是广东人叫为生鱼的品种。这种鱼身上有斑点，身长，头似蛇，故外国人称为"snake head fish"，东南亚和越南一带卖得很便宜，至今，武汉的街头巷尾，已少见人家吃了。

那次行程排得颇密，也是我喜欢的。既然出外做宣传活动，就得多见传媒多与读者接触。我当时肩周炎复发，睡得不好，但还是有足够的精神和大家见面。

第一场安排在"晴川阁"举行，崔颢的名句"晴川历历汉阳树"描写的便是此处。当天下着毛毛雨，张庆担心这场户外活动效果会打折扣，我倒觉得颇有诗意。这地方我上次来过，有些名胜是去了多次都记不起，这次我一重游即刻认出，想想，也是缘分吧。

搭了一个营帐避雨，但是等到读者来到时雨已停了。现场气氛热烈，所发问的题目也多是有高水平的。我问怎么认识我的，是通过电视的旅游节目，还是看过我的书的，答案是后者居多。

活动后就在晴川饭店吃，地点在晴川阁后花园，由一群志同道合的文人雅士合办，布置得并不富丽堂皇，但十分幽雅。主人很用心，当日专诚雇了一艘渔船，在长江中捕获河鲜，有什么吃什么。

菜单有传统的周黑鸭、凉拌野泥蒿、洪湖泡藕带、长江野生虾、莉莎霞生印、沔阳野山药煮鳝鱼丸、乡村野蛋饺、花肉焖干萝卜、腊肉菜薹、黄陂炸臭干子、野蕨芹炒肉丝、野藕炖腊排、鸭片豹皮豆腐、腊肉煮豆丝，还有记不得的多种小吃与甜品。

未去湖北之前，我对闻名已久的洪山菜薹大感兴趣。菜薹就是广东人最熟悉的菜远，也叫菜心。但洪山的，梗是红颜色，红色菜梗的菜心，在四川各地也有，香港罕见，只在九龙城一家闻名的药店旁边的菜档子有售。这种菜心很香，吃起来味道又苦又甜，口感十分之爽脆，可惜当地人说已经"下桥"了，这是"过时"的意思。学到这两个字也不错，下回遇到湖北人，就能用上。

晚上，张庆替我找到针灸医生，治肩周炎。

门打开，见到一中年人，带着一个年轻的，原来后者才是医师，叫范庆治，只有二十七岁，前者是他的助手。

范医师是"中华第一针"蔚孟龙的得意弟子，扎了几针，瞓个好觉。

翌日精神饱满，吃早餐去。

武汉成为旅游都市之后，有两个旅客必到的名胜，那就是武汉大学的樱花大道和这条专吃早餐的户部巷了。户部巷长不过一百五十米，只有三米宽，在《（嘉靖）湖广图经志书》中已有记载。所谓"户部"，是掌理财政收入和支出的官署。

最先到的店铺叫"四季美汤包"。张庆面子广，一向老板说有宴请，老板当天就不做生意，把店子留下来让我们吃个舒服。

一大早，将巷子里所有的小吃都叫齐。除了汤包，有徐嫂鲜鱼糊汤粉、馄饨大锅、老谦记枯豆丝、溙林记热干面、豆腐佬，种种记不起名来的小食。

汤包蒸起，一打开来看，笼底用针松叶子铺着，皮薄，里面充满汤，和靖江的汤包可以较量。武汉的汤包从前重油，看到蘸醋和姜丝的碟子中，有一层白白的猪油，当今已无此现象。

鱼汤粉是把小鲫鱼用大锅熬煮数小时，连骨头都化掉，再加上生米粉起糊，撒上黑胡椒粉去腥。软绵绵的细米粉用滚水一灼，入碗，浇上熬好的鱼汤、葱花和辣萝卜。上桌后，武汉人把油条揪成一小截一小截，浸泡在糊汤里，冬天吃，也会冒汗。

馄饨本以武昌鱼为原料，纯鱼，不用猪肉，包得比普通馄饨大两倍，无刺无腥，比猪肉细嫩。当今武昌鱼贵，改用鳊鱼制作。

枯豆丝是用大米和绿豆馅浆做的湖北主食，可做汤豆丝、干豆丝和炒豆丝等，炒时分为软炒和枯炒。枯炒，主要是多油煎烙，制后放凉，等它"枯脆"。另起小锅，将牛肉、猪肉和菇菌类用麻油炒热，浇在枯丝上面。

热干面，就是把面渌熟后加芝麻酱的吃法。湖南和湖北的干面下很少的碱水，面本身不弹牙。一方人吃一方菜，当地人极为赞赏，像广东人赞赏云吞面一样。

豆腐脑则是有甜有咸的，通常只叫一种，但武汉人是又吃甜的，又吃咸的，两种一块叫来吃才过瘾。

吃完早餐，又吃中餐，我们在武汉好像不停地在吃。和张庆的朋友们跑到东湖。原来杭州有西湖，武汉有东湖。东湖的面积，比西湖大个十倍。我们就在湖边烧火饮茶，颇有古风。

湖的周围兴起了好几间农家菜式的土餐厅，用湖中捕捞到的鱼做出来的菜并不出色。如果有哪位湖北人脑筋一动，到顺德、东莞等地请几位师傅，把鲤鱼、鳡鱼、鲩鱼和鲇鱼的蒸、煎、焗、煮变化了又变化，一定会让客人吃到前所未有的惊喜。反正菜料是一样的，何乐不为。

饭后到崇文书城去做读者见面会，地方大得不得了。武汉看书的人比其他城市都多，问他们电视节目有没有湖南卫视做得那么好，大家都摇头，说喜欢看书多过看电视。

书店经理熊芳说：这次签售会参加的人数，比历来的纯文学作家的都多。我庆幸自己是一个不严肃的"纯文学"人，吊儿郎当，快快乐乐。

为什么武汉人不爱看电视？到了武汉大学就知道。这个大学之大，简直是一座城市。除了武大还有多家，武汉户籍人口有八百万，中间有一百三十万是大学生。武大校园里种满樱花，成为可以收费的景点，中日关系一摩擦，就有"愤青"说要砍樱花树，好在被同学们喝止。

我们到达时，和洪山菜薹一样，樱花已经"下桥"了。

在大学校园中做的那场演讲，是我很满意的。学生发问踊跃，我的答案得到他们的赞同，大家都满意。

离开之前，张庆带我到民生甜食店吃早餐。这家店当今已成为连锁店，但总店是比较起来最正宗，最靠近原味的。

印象最深刻的菜叫豆皮，用大米和绿豆磨成浆。在平底大锅中烫成一张皮，铺上一层糯米饭，撒卤水肥肉丁，将皮一翻，下猪油，煎熟后用壳切块（当今改用薄碟和锅铲）。早年不用鸡蛋，生活好转后再加的。我怕这种手艺失传，把过程用相机拍下，上了微博，留下一个记录。

同样拍下来的有糊米酒，锅中煮热了酒糟，在锅边用糯米团拉成长条贴上，烙熟，再用碟边一小段一小段切开，推入热酒中煮熟，味道虽甜，但十分之特别。即使不嗜甜的人都会爱吃。另有一种叫蛋酒的，异曲同工。

其他典型的地道早餐有重卤烧梅。烧梅，就是我们的烧卖；

糅合了糯米、肉丁和大量的猪油。另有灌汤蒸饺、生煎包子、红豆稀饭和鸡冠饺。鸡冠饺其实就是武汉人的炸油条，炸成半圆月形，又说似鸡冠，薄薄的，个子蛮大，像饼多过像鸡冠，内里肉末极少，这才适合武汉人的口味。

北京叫首都，上海叫"魔都"，长沙叫"脚都"，武汉本来可以叫"大学之都"。当今大家生活水平提高，都懒于吃早餐，早餐在城市中消失。武汉还能保留这文化传统，而且重视之，当成过年那么重要，叫为"过早"。所以，武汉应该叫为"早餐之都"吧。

这套自选集，最终只出了三辑，便因为出版社高层变动而没了下文，但新的出版社也陆续来谈合作。内地的书籍出得比香港更密、更快。加上微博、淘宝店，还有在《舌尖上的中国》里挂名当了个总顾问，更是让内地的商户络绎不绝地来找我写招牌。

书法

蔡澜
活过

母亲从小教导我要发展自己的兴趣，老了也可以用来赚钱。后来，写书法也成为我的主业之一。

书法越写越多，国内最有名的荣宝斋便来找我，商量办一次书法展。

对荣宝斋的印象，来自儿时家中的木版水印画，与真迹毫无分别，另外家父藏的许多信笺，都是齐白石为荣宝斋画完印出，精美万分。

首回踏足北京，第一件事就是到琉璃厂的荣宝斋参观，感到非常之亲切，像回到家里一样。从此去了北京无数次，一有空闲，必访。有一年适逢冬天，在荣宝斋外面看到一位老人卖煨地瓜，皮漏出蜜来，即要了一个，甜到现在还忘不了。

家里许多文具，都在荣宝斋购买，尤其是印泥，荣宝斋的鲜红，是其他地方找不到的。当然还有笔墨、宣纸等等，每到一次，必一大箱一大箱买回来。

荣宝斋最著名的，还是它的木版水印。我参观过整个过程，惊叹其工艺之精致，巅峰的《韩熙载夜宴图》，用了一千六百六十七套木版，是名副其实的"次真品"。

我的书法老师冯康侯先生曾经说过："与其花巨款去买一些次等的真迹，不如欣赏博物馆收藏的真迹印刷出来的木版水印。"

与荣宝斋有缘，当谭京、李春林和锺经武先生提出可以为我开一个书法展时，我觉得是无上的光荣，原意是和苏美璐一起去的，但她忧虑北京的空气，最后还是由我一个人献丑！

说好六十幅，我还是只写了五十幅，留了十幅让苏美璐展出她的插图。至于展览的题名，我始终认为"书法"二字对我来说，是沾不上边的，平时练的多数是行书和草书，最后决定用"蔡澜行草，暨苏美璐插图展"。

之前，我与荣宝斋合作过，用木版水印印了我写的"用心"二字，卖得甚好，这回也同样地印小幅的《心经》和一些原钤印谱，出让给有心人。

画展和书法展是我经常去看的项目。我时常构想，要是自己来办，会是怎么样？第一，看别人的，如果喜欢，多数觉得价钱太贵，一贵，就有了距离。基于此，木版水印是一个办法，喜欢的话，捧一幅回去，是大家负担得起的。但木版水印制作过程繁复，亦不算便宜，好在我的商业拍档刘绚强先生是开印刷厂的，拥有最先进最精美的印刷机，每一部都有一个小房间那么大。刘先生会替我印一些行草出来，价钱更为低廉。

书法展期间，荣宝斋要我办一场公开演讲。这也好，荣宝斋有自己的讲堂，不必跑到其他地方。主办方要我确认演讲的内容，我一向都不做准备，勉为其难，就把讲题定为"冯康侯老师教导的书法与篆刻"。对方又说要一个简单的提纲，我回答一向没有这种准备，到时听众想听什么就讲什么吧。

多年来勤练行书和草书，要说心得，也没什么心得，不过冯康侯老师教的都是很正确的基本，我就当成一个演绎者，把老师说的原原本本搬出来，应该不会误人子弟。

当今，学书法好像一件很沉重、很遥远的事，我主要讲的是，不要被"书法"这两个字吓倒，有兴趣就容易了。没有心理负担，学起来更得心应手。做学问，不必有什么使命感和责任感。书法，是一件能让人身心舒畅的事。写呀写，写出愉悦，写出兴趣来，多看名帖，那么，你就会有交不完的朋友，虽然都是古人，像冯康侯先生说的："我向古人学，你也向古人学，那么，我们不是老师和学生，我们是同学。"

这次书法展，我有多幅草书展出。草书少人写，道理很简单，因为看不懂。我最初也看不懂，后来慢慢摸索，就摸出一些道理来。

这回我选的草书内容，都是一些大家熟悉的，像《心经》，各位可能都背得出来，用草书一写，大家看了，啊，原来这个字可以那么写的，原来可以这么变化，兴趣就跟着来了。

草书有一定的规则，像"纟"字旁，写起来作一个"子"字，今后大家一看，即刻明白，只要起步，慢慢地，都能看懂。

草书也不一定要写得快和潦草，记得冯老师说过，草书要慢写，一笔一画，都有交代。一位学草书的友人说，笔画写错了也不要紧，但是慢慢写，不错不是更佳？

"书法家"这三个字，我是绝对称不上的，"爱好者"这三个字更好。成为一个"家"，是要花毕生精力和时间去钻研的，我的嗜好太多，不可能完成这个任务。

当成兴趣最好，研究深了，成为半个专家好了，不必太沉重。一成为半个专家，就是一种求生本领，兴趣多，求生本领也多，人就有了自信。

人家问我学书法干什么，我一向回答："到时，在街边摆个档，写写挥春，也能赚几个钱呀。"

北京的第一场书法展，成绩算是不错，接着，香港的荣宝斋也邀请我办了一次。

香港荣宝斋"蔡澜苏美璐书画展"最终圆满结束后，我拍了一张照片在社交平台发表，字句写着："人去楼空并非好事，但字画售罄，欢乐也。"

邀请函上说明为了环保，不收花篮，但金庸先生夫妇的一早送到，王力加夫妇一共送两个、陈曦龄医生、徐锡安先生、师兄禤绍灿、沈星，还有春回堂的林伟正先生、成龙和狄龙兄也前后送到，冯安平的是一盘胡姬花，最耐摆了。

倪匡兄听话，没送花，但也不肯折现，撑着手杖来参加酒会，非常难得。他老兄当时连北角之外的地方也少涉足，来中环会场，算是很远的了。

酒会场面热闹，各位亲友已不一一道谢，传媒同事也多来采访。为了不能参加的友人，我在现场做了一场直播，带大家走了一圈，亲自解说。

记得冯康侯老师曾经说过，开画展或书法展也不是什么高雅事，还是要给到场的人说明字画的内容，这和推销其他产品没什么分别。

照了X光，医生说可以把那个铁甲人一般的脚套脱掉。我照做，浑身轻松起来，加上兴奋，酒会中又到处乱跑，脚伤还是没有完全恢复，事后有点酸痛。

再下去几天，就不能一一和到来的人一齐站着拍照了，干脆搬了一张椅子在大型海报前面，坐着不动当布景板。朋友们有要求，就不那么吃力了。

合照没有问题，有些人要直的拍一张，横的拍一张，好像永远不满足。他们都很斯文，有的人样子看起来很有学问，但是最后还是禁不住举起剪刀手，他们不觉幼稚，我心中感到非常好笑。

已经疲惫不堪时，其中一位问我站起来可不可以。我就老实不客气地说："不可以！"

自己的字卖了多少幅我毫不关心，倒是很介意苏美璐的插图，又每天写电邮向她报告，结果颇有成绩。我自己买了三幅送人，一幅是画墨尔本"万寿官"的前老板刘华铿的，苏美璐没见过本人，但样子像得不得了；另一幅是画"夏铭记"的；还有一幅是画上海友人孙宇的先生家顺的，应该是很好的礼物。

自己的字，有一幅觉得还满意的是《忽然想起你，笑了笑自己》。第二个"笑"字换另一方式，写成古字的"咲"，很多人看不懂，结果还是卖不出，直到最后一天，才被人购去了，到底还是有人欣赏。

写的大多数是轻松的，只有一张较为沉重——《君去青山谁共游》。有一位端庄的太太要了，见有儿子陪来，我乘她不在时问为什么要买这张。他回答道："家父刚刚去世。"我向他说要他妈妈放开一点，并留下联络方式，心中答应下次有旅行团时留一个名额给她。

钟楚红最有心了，酒会时她来了一次，过几天她又重来，说当时人多没有好好看。当今各类展览她看得多，眼界甚高，人又不断地自我修养求进步。她一直是那么美丽，是有原因的。

想不到良宽的那一幅也一早给人买去，来看的人听了我的说明，感谢我介绍这位日本和尚画家。其实他的字句真的有味道，下次可以多写。

张继的那首脍炙人口的诗，并不如他的另一个版本好，所以写了"白发重来一梦中，青山不改旧时容。乌啼月落寒山寺，倚枕仍闻半夜钟"。也有人和我一样喜欢，买了回去。

来参观的人有些也带了小孩子，我虽然当他们为怪兽，绝对不会自己养，但别人的可以玩玩，然后不必照顾，倒是很喜欢的。好友陈依龄家的旁边有一家糖果店，可以印上图画，问我要不要。我当然要了，结果她送了我一大箱的圆板糖，一面印着"真"字，一面印着一只招财猫，一下子被人抢光。

那个"真"字最多人喜欢的，我也觉得自己写得好，一共有两种，一是行书、一是草书，卖光了又有人订，一共写了多幅。我开始卖文时，倪匡兄也说过："你靠这个'真'字，可以吃很多年。"哈哈。

对了，卖字也要有张价钱表，古时古人书写叫为"润例"，郑板桥的那幅写得最好，好像已经没有人可以后继了，结果请倪匡兄为了我作一篇，放大了摆在场内，可当美文观之。

这次书画展靠多人帮忙，才会成功，再俗套也得感谢各位一下，最有功劳的当然是香港荣宝斋的总经理周伯林先生和他的几位同事。他们说没这么忙过。宣传方面，叶洁馨小姐开的灵活公关公司也大力帮了很多忙，在此致谢。最感激的是各位来看的朋友，希望可以再来一次。

在二〇一八年十月五日，我又飞到青岛。这次有两个约会，一个是在青岛出版社大厦里面开行草展，另一个是十月螃蟹最肥，和李茗茗约好去吃生腌蟹。

早上的港龙，下午一点多抵达，两个半小时的飞行，一点也不辛苦。我的书的编辑贺林来接机，直接到出版社去看书法展的准备。九千多英尺的展场，一共有两层，负责展出的是杜国营，他对我的书法装裱和布置已有了经验，这回很轻松地办完。

连同苏美璐的插图原作，一共有一百多幅。杜国营问我有什么改动的地方。我摇摇头，和他合作，真的有"你办事我放心"的关系了。

看完已经接近下午三点了，中餐就在出版社大厦里面的BC美食店吃，董事长孟鸣飞和他手下的大将都来了，见到面格外高兴。这回展出全靠他们的支持才能办成，集团董事会秘书马琪知我所好，已将青岛啤酒的原浆买来。我一看即说："晚饭不如取消了吧，这么一来喝啤酒才能喝得痛快。"

咕，咕，咕，咕，原浆啤酒鲸饮，下酒的是蛎虾，个头不大，但味道极鲜美，深得青岛人喜爱；另有海鲈，用淡盐水腌渍，肚皮朝下摆，用石板压住，腌个七八天，发酵后有古怪味道，是令人吃上瘾的主要原因。

除了啤酒，另有崂山白花蛇草水，有些人一听名字即吓得脸青，说是天下最难喝的饮料！真是外行，蛇草与蛇的关系只是草上的露水白花蛇特别喜舔而已，其本身一点异味也没有，冷冻后更是好喝，另有解酒清热的功效。

喝个大醉，入住香格里拉，以为倒头即睡，哪知书店方面拿来了七百多本书要我签，勉为其难照办。和编辑贺林商谈，想出个新办法，那就是以后把内页寄到香港，签完夹在书中装订，何乐不为？

接下来那几天早餐都在酒店吃，那些莫名其妙的欧美或仿日式的自助餐实在难于下咽。我一直不明白，为什么酒店的早餐不能加当地特色呢？这是外地人最想吃的呀，来些山东大包或各种馅料的水饺，还有凉粉，那该有多好吃呀！

随后在青岛出版大厦一楼大厅举行了简单的开幕式，这是我要求的，我最怕隆重的仪式，最好是什么仪式都没有。

仪式完毕后集团董事长孟鸣飞亲自交来聘书一份，请我当文化顾问。我一向对什么什么的顾问不感兴趣，但这份工作，我会很用心地把它做好，不然对不起我和孟鸣飞兄的友谊。

还是谈吃的吧，当天中午去了一家叫"铭家小院"的馆子，出名的小菜很多，留下印象的还是"凉粉"。我对青岛的凉粉印象极佳，每餐必食，而且每家餐厅的调料都不同，吃出瘾来。凉粉是选用海底生长的石花菜，晾干后小火煮三小时，把石花菜的胶质熬出，自然冷却解冻，再淋上等的老醋，若用意大利古董醋，味道也应该不错。

最特别的还是"脂渣"，这就是我们叫的猪油渣了，不过青岛人把猪油切得又长又大，炸后缩小，也有大雪茄般粗，拿来下酒一流。

印象深的还有"辽宁南果梨"，个头不大，样子也不出色，但一闻有阵幽香，咬了一口，像水蜜桃，极可口，是我第一次吃到的。

吃完回到展场，接受各媒体访问，还有在书和海报及各种衍生品上替读者签上名字。卖得特别好的，是这次青岛出版社为我出的书法精装《草草不工》。

到了晚上，重头戏来了，青岛新华书店董事长李茗茗特地从莱州运来当天腌得最合时、最成熟的野生梭子蟹。选的是活着的"火燎蟹"，饿它两天，用盐水浸泡，这时口渴的蟹，喝的盐水流满全身，放进坛子封口浸两天再拿到我们饭桌上。那么大的蟹一人一只，吃进口也不觉得太咸，肉反而有甜味，我一只不够，吃足两只，才对得起这美味。

地点在当地的老牌子"老船夫"，招牌不管客人认不认得出，用草书写了一个"老"字。店里名菜很多，海鲜为主，但可能我已不能吃太硬的东西，发现青岛船夫大海螺的螺真是比我老了，温拌活海参也硬，土鸡烧鲍鱼两者都咬不动。

反而是最不豪华奢侈的捞汁茭瓜丝精彩，用本地茭瓜——学名"西葫芦刨丝"，加上店里特制的蜜汁调味而成，可独自吃两碟。酱椒鲨鱼肚也很特别。海胆黑猪肉水饺便逊色，海胆这种食材一熟了就不特别。

在青岛的第三天，一大早去看古董，地方叫昌乐路文化市场。友人说："当今摆的假货居多，怕你看不上眼。"我回答："一点关系也没有，真古董我也买不起，主要的是去感染一下当地艺术市场的气氛。"

街两旁都摆满露天小档，里面有古玩及文房四宝铺子。还有一个古玩地铺广场，卖的东西，葫芦甚多，大大小小，有些还是一连串，好玩得紧。更多买卖是核桃，这两颗拿在手上把玩的东西，想不到还能玩出火来，昂贵的价钱令人咋舌，中国人更拿手的是为物品取名，把文玩核桃叫为"猴头""四座楼""官帽"等等。

到处询问有没有古董手杖，见到的都是次货。老头子笑说："你手上那根已经够好了。"

又回到书法展现场去，在青岛的时间不多，尽量在展场中出现，与前来参观的人交谈。展出之前在网上发了照片，已有多人打电话订购，加上在现场卖的，销了不少。

最多人买的是那幅《带雨有时种竹，关门无事锄花，拈笔闲删旧句，汲泉几试新茶》。写了又写，卖了又卖。放在馆中央的《只恐夜深花睡去》也给广州的一位爱好者打电话来买去。还有多人订购《好吃》《好味》等，我想一定是食肆老板买的；如果要题上餐厅名得加钱，单单这两字就便宜了。他们算得很精，不过各位看到没有上款的千万别以为是我在赞扬味道好。

中午去一家叫"怡情楼"的，由两姊妹所创的品牌，已有二十五年历史，算是站得很稳的了。

吃了一道非常特别的菜，叫海蜇里子炒胶州白菜，所谓里子就是内层，像个西装，外面绵质，内层丝质的就是里子。要把海蜇的内层剥出来极为不易，它是海蜇最好吃的部分，清脆爽口，吃起来有点猪肉的味道，故亦称"海里的瘦肉"，炖了白菜呈乳白，色香味俱佳。

怡情热猪手是店里做了二十多年的看家菜，我每遇到猪手猪脚，必问厨师怎么去掉磨砂似的细毛。这家人老实，在说明书上已经表明用火枪去烧，再以刀刮干净处理。借鉴了日式猪手的做法，用万字酱油和米酒，加冰糖文火炖了三个半小时而成。至于为何用万字酱油则没说清楚，原来日本酱油煮久也不变酸。

店里还有些海鲜，像鸡油蒸本地刀鱼，都是蒸得过火，已失鲜味。

烟熏牛小排用中式方法烹制牛肉，融入西班牙分子料理的果树木屑烟熏法制作，不中不西，我只看样子就不想举筷。

菜上完后，我还听到他们家的虾酱做得好，即刻请师傅来一道，用鸡蛋蒸出，果然特别美味，一定会受外地客人欢迎。

末了，吃沾化冬枣。这种枣个头巨大，有各种颜色，吃进口爽脆到极点，鲜甜到极点，和一般市面上卖的相差个数千里。沾化冬枣栽种历史悠久，百姓自古就有"房前屋后三棵枣树"的说法，果然厉害，比鲁迅家多了一棵。

青州蜜桃也好吃，外表奇丑，但到了十月十一月还生长，味极甜，与夏天的水蜜桃有的比。

在店里吃到了最甜的甜心烤烟薯，选用烟台昆嵛山的红薯，如果你不相信"甜似蜜"这说法，你去他们家试了就知道我说得没错！

本来是一餐很完美的饭，两姊妹招待得也好，可惜厨子滔滔不绝地从头讲到尾。不管你爱不爱听的讲解，像一部重复又重复的残片旁白，又随时抛出陈晓卿也来吃过的"书包"。真的可怜，我去到什么地方都听到厨子和他拉上关系。

晚上孟鸣飞兄宴客，请在香格里拉的香宫，又有青岛市副市长王家新兄作陪，菜没什么可谈的，王家新兄是一位书法家，大家的共同语言蛮多，相谈甚欢。

返港之前，去青岛大学做了一场演讲。我每到一处，要是当地学府肯邀请，我必欣然前往。和年轻人交换意见，是我最喜欢的。

演讲完毕被学生发问。有一位刚和女友分手，问我怎么办。我说失去一个，也许换回许多个，不是悲哀的终结，是欢乐的开始，这个答案他似乎很满意。

说回腌生螃蟹，莱州的真的有那么好吃吗？好吃的水平又是什么样的？其实一切都是比较出来的。各地都有生腌蟹的吃法，浙江人的酱蟹也不弱，胜在大闸蟹的膏，其香无比。韩国人用酱油来生腌，膏虽比不上大闸蟹的，但酱得出色，极为鲜美，一试难忘。我家乡的生腌，用盐水和酱油各一半腌上半天，吃时斩件，撒甜花生末，淋白醋，也极杀饭。但那是妈妈做的，我带着感情吃，当然美味，其他省份的人试了，不一定赞好。莱州腌生蟹吃的是山东朋友的热情，如果你叫我再来，我会的。

我的行草展，从第一场在北京荣宝斋开完后，接着是香港荣宝斋，到青岛出版社的第三场，第四场到哪里好呢？友人建议还是在珠江三角洲吧。好，就先到深圳、广州和几个大城市走一趟，考察展出地点的条件。

来到了顺德，被当地朋友请去吃了一道叫咸蛋黄灌肥燶叉烧的菜，就即刻决定下来，第四场在顺德开，字一张也卖不出都不要紧，有几餐好的吃，已够本。

顺德以前去过好几次，每回都是走马看花，做电视节目时也不过那三两天。那次借开书法展的名义，从二〇一九年七月二十七日到八月十一日，一共待了十五天，有足够的时间让我在书法展之余吃出一个精彩来。

首先介绍咸蛋黄灌肥燶叉烧，从扮相就能深深地吸引你。它是聚福山庄构思出来的，用一管铁筒插入一条半肥瘦的梅头肉，灌入咸蛋黄，再用古法把肉烧燶，切成一片片厚厚的肉来，中间嵌着流出油来的咸蛋黄，味道当然好到不能相信。上桌时众客已

"哇"的一声叫了出来，非吃不可。

在准备期间和开记者发布会也去过几趟，每次都有意想不到的菜式出现：有些是失传的古菜；有些是创新不古怪，甚于传统的美味；有些是名声已噪，不过到了小店吃到更好。像那双皮乳和姜汁撞奶，路经名店食时，奶淡如水，投诉后拿去再撞，撞了几回也撞不凝固，不如小店里自养水牛的奶汁。还有那貌不惊人的老姜，做出来的双皮奶和撞奶，简直是好吃到文字不能形容，各位要亲自尝试才知道我讲的是什么。

在试吃各种美味之间，我也会尽量地花一些心思，于传统的食物变出新花样来，譬如说顺德著名的凤眼果，夏天刚是当造（粤语方言，意指收获时节），传统的做法是先将凤眼果煲熟，与鸡块焗炒出香味，再焖出来。

如果加上同类的栗子，又有什么效果？我再添了大树菠萝的种子返去焖出三果来，吃客便会"咦"的一声问道："那是什么？"

日本人叫这种不失传统，但又创新的做法为"隐味"，像吃炸猪扒时配上的包心菜。有家出名的炸猪扒店的特别好吃，原因在于把西芹丝混进去的"隐味"。

不过与其吃一些著名的大菜，我还是喜欢粗糙的，受经济条件所限时做出来的东西，像当今的龙舟宴，又用鲍参翅肚，又用鸡鹅鸭，就不如把节瓜煮粉丝虾米、豆角炒萝卜粒、鲜菇炒鲮鱼丸之类的粗菜混入大镬中的"一镬香"好吃。这回去，就要去找这些来吃。

说到粗菜，上次去猪肉婆，弄出十几碟大菜来，吃到最后，还是他们家做的油盐饭最佳，几个朋友各吞三大碗，面不改色。

去到顺德，不吃河鱼怎对得起老祖宗？上回去，有一家卖鱼生卖得出名的店请我吃饭，鱼生当今香港人已不太敢尝试，不过人家吃了上千年的东西，浅尝又何妨？

不过问主人家："鱼油呢？"回答说："不卖了。"什么？那才是真正对不起老祖宗，从前我们吃鱼生，还会添上一碟尽是脂肪的鱼肥膏。我下回去，一定会要求来一碟。

猪杂粥也会去吃，一般的香港都有，生记做得也不会比顺德人做得差，我去寻求的是猪杂的原始做法和精神。举个例子，洗猪肚时要用番石榴叶子加生粉去净馊味。还有那原汁原味的猪红，顺德人特别懂得炮制，吃了真是可以羡慕死政府禁止血类制品的新加坡人。

海鱼一养就逊色，河鱼不同，可以养出和野生几乎同味的河鲜来。顺德人还有一种特别的养殖方法叫桑基鱼塘，勤劳智慧的祖先们将渍水的地势，就地挖深为塘，用泥土覆了四周为"基"。基上种桑，用桑叶喂蚕，蚕的排泄饲鱼，形成"桑肥蚕壮，鱼大泥肥"的良性循环。当今珠江三角洲各地已见少卖少，只剩下顺德还有一些。

鱼肥不在话下，桑叶的美食有桑叶扎，是不承传便会失去的点心之一。将各种时令蔬菜切丁，用鲍汁提鲜，再裹上桑叶汁制成的皮，翠绿可喜，别开生面。

桑基蚕香这道菜，用蚕茧、墨鱼、夜香花、烧肉、淡口头菜叶切碎，炒至焦香，裹以鱼胶，表面覆蚕丝，用威化纸切成。

至于甜品的伦教糕，我们怎么做也做不过欢姐。在我的点心店卖，也只有向欢姐入货，这是对当地美食的一种敬意。这回去了，听到有些人话另外一家比欢姐的好吃得多，更非去试不可。

一般客人对白糖糕的印象还是只停在"带酸"的程度，不知应该是全甜的，希望能吃到更上一层楼的味觉，再向他们入货。这一点欢姐也不介意吧？

酿三宝没什么特别的地方，酿鲮鱼却能让外国人惊叹，做得好的餐厅不多。这次希望吃到最佳的，什么是最佳，我不停地说，是比较出来的。

谊亲与点心店

蔡澜
活过

在内地认识我的人越来越多，也增添了不少工作机会。大概在二〇一五年前后，国内多个新兴的网络平台都来找我合作。

　　最开始的是微博，让我在他们的平台上进行直播。我在香港经常拍摄电视节目，这对我来说不是什么难事。但我一向抱着要把事情做到最好的心态，却发现用手机直播，无论画面、收音及节目效果都不算理想，试过几次，就没什么兴趣继续下去。

　　接着是"喜马拉雅"找我录音频。我多年前已一直推广有声书，自然大力支持。然而录制有声书并非易事，我并不擅长自言自语，每次录制，都耗尽心神，过程很艰辛，但既然答应了别人，也就坚持录完了一整辑的节目，至今累积收听人数不少。喜马拉雅想让我再录一辑新的，但我已没精神再去做这件事了。

　　到后来，携程也来找我合作，办高端旅游团。这对我来说是最轻松的一件事了，在香港经营了旅游公司近三十年，在世界各地也有经常合作的餐厅与酒店。我只需设计好路线，交给携程，对方便会安排好其他事宜，非常轻松，所以我也乐于与他们合作。

其实在携程找到我之前，北京也有一位投资者找我做过类似的高端团。合作之前聊过几次，对方要求吃喝玩乐都要最好的，又要有品位，让我设计一段去日本泡温泉的旅程。这正是我的强项，便按自己的喜好，规划了一段到日本福井吃螃蟹、泡温泉的旅程。这条路线我每年都走，跟福井芳泉旅馆的"女大将"又是多年好友，最有把握，绝对不会让人失望。

由于是第一次带内地团，所以人数不宜太多，没有公开宣传，只由投资者内部发布消息。没想到一下子名额就满了，参加者都是内地的青年才俊。在这次旅程中，有一对年轻夫妇让我留下了深刻的印象，便是王力加与李品熹。

一开始，只觉得这对夫妻郎才女貌，很是登对，又有一个活泼可爱的女儿，叫作妞妞。

第一次到日本旅行的时候，妞妞才五六岁吧？我一向不大喜欢孩子，但很奇怪的，与妞妞相处得特别好。印象深刻的是我们在餐厅里吃寿喜烧的时候，妞妞突然从后面抱过来，把我紧紧搂住。本来我对这种行为非常反感，但那次却感到非常亲切，也许这就是缘分吧。之后每次旅游，遇到独特的东西，我总会第一个与妞妞分享。有朋友送来最好的水果，我也会偷偷地塞给妞妞，让她多吃一点。这是以前从来没有过的事情，因为妞妞，我跟他们一家接触得也多了。

旅游途中，大家聊天，得悉他们经营的"探鱼"与"撒椒"餐厅，已开了一百多家，实在不可思议，便更有兴趣了解这两位年轻人。

　　旅行团结束之后，在内地的几次宴会中，都碰到了王力加与李品熹。原来他们在餐饮界工作，早就闯出了偌大的名头，被视作明日之星。在宴会中，我们总会坐在一起聊天，彼此变得越来越熟络。后来又去他们经营的餐厅吃过几次饭，更参观过他们在深圳南山的大本营，经营得井井有条，心里对他们更有好感。

　　后来我与携程合作，办过去马来西亚、日本、澳大利亚等地的旅游团，他们都有参加，彼此了解更深。有一次到墨尔本，带他们去吃勇记的越南牛肉河粉。试过之后，他们念念不忘。接着一次到日本旅游的时候，王力加向我提出想在内地开设一个新品牌，专卖越南牛肉河粉。

　　这个念头已在我心里多年，只是一直没有理想的合作对象，经过多年的接触与了解，知道他们夫妻俩做事认真可靠，又有一个庞大的餐饮集团做基础，应该可行。然而理论归理论，如果真的要开店，一定得有把握成功才能做。

　　于是，我们到各国的著名越南牛肉河粉餐厅去试吃，试到最后，大家还是觉得勇记的最好。我与勇记有数十年交情，得到他们信任，再加上重金礼聘，最终把勇记的大师傅请到了深圳，先建立了一个四千平方尺的实验厨房，每天用上百斤的牛肉和牛骨熬汤，不停调整配方。每次试吃，只要有一个参与者觉得不好，便整锅倒掉，重新再来。

当然，有勇记师傅多年的经验，加上王力加夫妻不惜工本的勇气，测试了几个月，终于觉得有把握，便决定开店。

接下来是粉，一般专门店是用干粉再泡出，这是我们绝对不能接受的。从制面厂进的货，也都差那么一点点。到最后决定设计一架制粉机，从磨米浆到蒸熟切条，都在客人面前做出来。你可以说没有别家好吃，但不能说我们的粉不新鲜。

做好的机器，放在租金最贵的中环店里，以占的面积来算，一个月就要花三万块港币，还不算可以腾出来摆两张餐桌的收入。不过，当勇记老板看到时，也说这一点比他们的好。

店里的各个细节都请专人来做，室内设计由著名的日本空间设计师Jo Nagasaka（长坂常）主理，到了晚上一打开外墙，就是广大的大排档式的经营，这一点不得不佩服他们。其他的一切以简约取胜，不用花花绿绿的传统越南式，制服、餐具、灯光，连播放什么音乐，完全是专业人士指导，一点也不苟且。王力加、李品熹和我都说："这样才对得起自己，对得起自己，才能对得起客人。"

食物方面，除了越南牛肉河粉当主角之外，我们还有越南法棍、香茅烤猪颈肉、红油酸辣汤檬或干檬。我们的春卷也与众不同，另有黄金虾扒、越式米粉卷、香芒鱼米纸卷、金柚沙律和虾酱炒通心菜等等，都是明星。

甜点把泰国的三色冰改为多色冰，椰汁极香浓，当然有越南咖啡、话梅青柠苏打等各种饮料及酒水。雪糕方面，我们做不过"泰地道"的好吃，便从他们店里引进了榴梿雪糕、椰汁雪糕和很有特色的泰国红茶雪糕。自己做的，有拿手的青柠香芋冰，各位可以一试。

铺在桌面的餐纸，请苏美璐画了一张我捞越南牛肉河粉的画。当时我穿了绿色衣服，以示环保。另一张是她画的各种吃越南牛肉河粉加的香料的画和名称。大家在等位时可以研究研究，才不觉闷。

至于打包，我们也请专家设计了一个纸盒，里面有两格大小碗上下叠，固定了食物不会流出来，我最不喜欢倒泻得一塌糊涂的外卖。附近的食客可以直接倒汤在盒中，远一点的，我们用一个Stanley（史丹利）保热壶，是美军指定制品，保热壶中的劳斯莱斯，免费借各位用，当然要收订金，用完了还给我们即退回，这一点请原谅。

一定还有很多可以改善的地方，请大家给我们宝贵的意见，慢慢地改。这一间是旗舰店，一切的设计已有定案，下一家做起来就能照抄了。深圳的店，将在这个月底开业，其他的，慢慢来，完善了才开。

开业那天，热闹得很，各位友好都来捧场，在请柬上已说明为了环保恳辞花篮的，但来宾们还是照送。我只好照收，心中嘀咕，花儿即凋谢，折现多好！

与越南牛肉河粉项目同时进行的，还有点心店项目。这是李品熹的主意。有一次我们在香港陆羽茶室吃怀旧点心宴，那一道道别出心裁的点心让她留下了深刻的印象。我自己也喜欢吃各种传统点心，尤其是广州白天鹅宾馆的手工烧卖，更是念念不忘。可惜当今的大部分点心店都用机器取代人手，如果能开一家自己的点心店，每天都能吃到，当然是乐事。也就与他们一起，研究开点心连锁店。

与越南牛肉河粉店一样，我们花了大量时间与精力去研究菜单与出品。其实有他们坐镇，以他们的用心与专业，绝对不可能失败的，所以我也放心地交给他们全权负责，我只负责将自己的经验与他们分享。很快地，点心店也成功地在深圳开业。

不到几年时间，与他们夫妻俩合作的餐厅越来越多，生意也越来越好。很多人想加盟，但我们商量过之后，觉得维持出品稳定最重要。一旦交给别人经营，品质便没有保障，自己的品牌被搞砸是一回事，最重要的是对不起客人，所以也就一直坚守着自营的理念，即使少赚一点也不要紧。

二〇一九年八月十八日那一天，广州又开了一家点心店的分店，我如常地出席开业仪式。仪式结束后，王力加说在附近安排了一顿午饭，为我庆祝生日，我当然答应。吃饭的时候，他说相处这么多年，彼此已情同家人，加上我与妞妞的感情深厚，想以后能名正言顺地照顾我，问我可否认作谊亲。

我想也没想，便点头答应。这些年来，我们的相处是愉快的。一起去过这么多次旅行，最能看出人品。王力加与李品熹性格温顺，在旅途中也经常照顾我。从日常生活的小事里，我都能感受到他们对我的关怀，加上他们踏实认真做生意的理念，也与我想法一致。能与他们结缘，是我的幸事。

二〇一九年十一月十八日晚上，我们在铺记设宴款待亲朋，依足仪式，摆了一席认亲宴。从此，我收了一个干儿子与干儿媳，又多了三个孙儿。每逢节日，他们定会前来看望，让我多了一份天伦之乐。在晚年添了这层关系，是我的福气。

全世界的刘伶喝到最后，一定喜欢单一麦芽威士忌；天下食客则不约而同地爱上一碗越南牛肉河粉，这是公认的。

为什么？越南牛肉河粉的汤，要是煮得好的话，喝上一口就上瘾！汤清澈但味道浓厚，又有不同的层次。第一口什么都不加，第二口撒些香草，像罗勒、薄荷叶和鹅蒂下去，浸它一浸，又有完全不同的味道。再加豆芽、鱼露或柠檬汁，更变化无穷，真令人食之不厌，味道不能忘怀。

疫情

蔡澜
活过

天有不测风云，没想到的是准备前往吉隆坡开书法展之际，突然来了一场侵袭全球的疫情，从此各地隔绝三年。

"自我隔离的这段时间做什么好呢？"很多网友都问。

"有什么好过创作？"我回答。

"但我们都不是什么艺术家呀！"

"不必那么伟大，种种浮萍，也是创作。"

浮萍去哪里找？钢管大厦森林中。说得也是，不如把家里吃剩的马铃薯、洋葱和蒜头统统都拿来浸水，一天天看它长出芽来，高兴得很。

好在年轻时在书法上下过苦功，至今天天可以练字，越写越过瘾，每天不动动笔全身不舒服。写呀写呀，天又黑了。

写好的字拿到网上拍卖，也有人捧场。

玩个痛快，替网友们设计签名，中英文皆教，也不是自己的字好，而是看不惯年轻人的鬼画符，指导一下，皆大欢喜。

微博这一平台不错，网友我一个个赚来，也有一千多万个。本来一年只开放一个月，让大家发问，这次困在家里，就无限制了。年轻人问问苦恼事，一一作答，时间也不够用。

喜欢的电影是什么？早已回复。当今问的是音乐，这方面我甚少涉及，就大作文章，从我喜欢的歌手开始，每人介绍一曲，引起了网友们对这个人的喜好，就可去听他们别的作品。

勾起很多回忆，像我刚到香港时的流行曲，是一曲叫*Sealed With a Kiss*（《《以吻封缄》》）的，由Brian Hyland（布赖恩·海兰）唱出，一九六二年的事了。这段日子不停地在我脑海中出现了又出现，也不管他人喜不喜欢，也就介绍了。

很多人的反应是低级趣味，又嫌是老饼之歌，怎么说都好，我才不管，我喜欢是我的事。如果年轻人细听，也会听出当年的歌星都经过丹田发声的训练，歌声雄厚，不像现在的歌星唱一句吸一口气，像痨病患者多过演唱者。

大家躲在家里时，我还是照样上街，但当然不可妨碍到别人，口罩是戴上的。一回到车上，即刻脱掉，不然会把自己闷死。

钟楚红来电说聚会，到了才知道是她的生日。多少岁我不问，反正美丽的女人是不老的。

请我吃饭最合算，我吃得不多，浅尝而已。酒照喝，也不可能像年轻时一喝半瓶烈酒。

一说喝酒，又想起老友倪匡兄，他当时得到一个怪病，腿部长了一颗肿瘤，动了手术。

他老兄乐得很，说是一种很奇怪的病，只有专家看了才知道是种皮肤癌，普通的医生还以为是湿疹。我本来想请他把病名写给我，后来觉得无聊，也就算了，反正这是外星人才会染上的，说也无益。

这段时间最好是叫外卖，但我宁愿自己去取，打包回来慢慢吃。常去的是九龙城的各类食肆，偶尔也想到小时候吃的味道，就爬上皇后街一号的熟食档，那里有一摊卖猪杂汤，叫"陈春记"，非吃不可。

老太太已作古，当今由她女儿和女婿主掌，味道当然不可能一样。早年的猪肚是把水灌了又灌，灌到肚壁发胀，变成厚厚的半透明状，爽口无比。做这门功夫的肉贩已消失，总之存有一点点以前的痕迹，已算口福。

店主还记得我虽喜内脏，但不吃猪肺，便改成大量的猪红。想起新加坡有一食档也卖猪杂，挑战我说他们的产品才是最正宗的，我不服气去试。一看碗中物，问道猪红在哪里，对方即刻哑口无言。原来新加坡政府是禁止人民吃猪血的，不但猪血，鸡血、鸭血什么血都不可以卖，这怎么做出正宗的猪杂汤来？

接着到隔几家的"曾记粿品"，这里除了韭菜粿之外，还卖椰菜粿，那就是高丽菜包的。

可惜没有芥蓝粿。想起当年妈妈最拿手,结果去菜市场买了几斤芥蓝,自己做,在家里重温家母的味道,乐融融。

做菜做出瘾来,什么都试一试。我最爱吃面,尤其是黄色的油面,拿来炒最佳,可下鸡蛋、香肠、豆芽和虾炒之。把家佣的那瓶kecap manis(甜酱油)偷过来淋上,不必下味精也够甜。说起它,最好还是买商标有只鹈鹕的Bango牌的,其他的不行。

说到炒面,又有点子,可以号召网友们来个炒面比赛,得奖的送一幅字给他们。这么一来,花样又多了。

这段时间又重遇过毛姆的小说,不止《月亮和六便士》《剃刀边缘》,还有诸多的其他作品,统统搬出来看,又有一番新滋味。

还有连续剧和旧电影,看不完的。

日子怎么过?

太容易过!

瘟疫流行这段时间,闷在家里,日子一天天白白度过,虽然没有染病,也被瘟疫玩死。不行!不行!不行!总得找些事来做,找些事来作乐,与其被瘟疫玩,不如玩瘟疫。

饮食最实在,一般的做菜技巧我都能掌握,但从来没做过雪糕,我最爱吃冰激凌,也就做了。时间还剩下很多,再下来玩什么呢?

玩绘画吧。

天气渐热,扇子派上用场,不如画扇吧,一方面用来送朋友,大家喜欢,一方面还可以拿出去卖,何乐不为?

书至此,还找到一些工具。那是一块木板,上面有透明塑胶片,可以把扇面铺平,然后上螺丝,把扇面夹住,就可以在上面写字和画画了。

好在还跟过冯康侯老师学写字,老人家说:"会写字有很多好处,至少题自己的名字,也像样;不然画得怎么好,一遇到题字,就露出马脚。"

我现在已会写字,再回头学画,可以说是按部就班。向谁学画呢?当今宅于屋,唯有自学,有什么好过从《芥子园画传》取经呢?

小时看这本画谱,觉得山不像山,石不像石,毫无兴趣。当今重读,才知道李渔编的这册画谱大有学问,是绘中国画的基本模板,可利用它去学习用笔、写形、构图等等技法,体会古人山水画的精神。

也不必全照书中样板死描。有了基本功,再进行写生,用自己的理念和笔法去表现,就事半功倍了。

学习书法和绘画,都要经过一番的苦功,也就是死记了。死记诗词，自然懂得押韵；死记《芥子园画传》，慢慢地，画山像一点山，画水像一点水，山水画自然学得有一丁点模样。

成为大师，须穷一生的本领，但只是娱乐自己，画个猫样也会哈哈大笑。

我喜欢的是树。书上关于各种树的画法都有仔细介绍，按此描摹，画一棵大树，再在树下画一个小人，树就显得更大了。

小人有各种姿态，像"高云共片心"，是抱石而坐；像"卧观山海经"，是躺在石上看书；像"展席俯长流"，是为在石上看水；像"云卧衣裳冷"，是睡在石上看云。寥寥数笔，人物随着情景，活了起来，都是乐趣无穷的。

玩工厂吧。

这段日子，最好玩的是手工作业。

香港人手工精巧，穷困时代就有人造胶花工业，纺纱工业等等。逐渐地，我们依靠大型工厂，小工厂搬到了其他地方。这都是因为地皮贵，迫不得已。

但是我们有手工精细的优良传统，工厂搬到别处之后，空置房屋多了，租金相对变得便宜。这令我想到，不如开一间来玩玩。

二十多年前，我开始在香港手制"暴暴饭焦""暴暴咸鱼酱"等等产品，甚受欢迎。后来厂租越来越贵，唯有搬到内地去做。

咸鱼在内地难找高级的原料，虽然继续生产，但是我自己觉得不满意，一直想改进。

疫情之下，工厂的租金降低，这让我有了复活这门工艺的念头。想了又想，要是不实行的话，念头再好也没有用。

一，二，三，就再始了。

找到理想的厂房，又遇上理想相同的同事，我们由一点一滴开始设立小型工厂来。

先到上环的咸鱼街，不惜工本地寻觅最高级的原材料。咸鱼这种东西，像西方的奶酪，牛奶不行，怎么做也做不出好的芝士来。我们用的是马友鱼，这种鱼又香又肥，最适合腌咸鱼。我们坚信不用最好的是不行的。

马友虽然骨少肉多，但一般咸鱼拆了下来，最多也只剩下六成的肉。用马友鱼来制造咸鱼酱，不必蒸也不必煎，开罐即食，非常之方便，淋在白饭上，或者用来蒸豆腐，或者配合味淡的食材，都可以做成一道美味的菜餚。对生活在海外的游子来说，更可医治思乡病。

我们配合以往的经验，从头开始，在最卫生的环境下，不加防腐剂，手工做出最贵、最美味的酱料来。

工厂一切按照政府的卫生规定设立，这么一来才能通过检查，也可以获得出口认证，将产品销售到内地去。这一切，都经过重重的努力。

产品当今已做好，我很骄傲地在玻璃罐上贴了"香港制造"的标签。

现在已逐渐小量地推出。因为原料费高，也不可能卖得太贵，我不想被超市抽去四十个巴仙的红利，目前只能在网上卖。或者今后找到理想的条件，再到各个点去零售。总之，这是一件很好玩的事。

我不会被瘟疫玩倒，我将玩倒它。

瘟疫时期不能旅行，困在家里，日子一天天地浪费，实在不值。

这不是办法，我每一天都要创作才觉得充实，所以我每天写文章，至少也练练书法，或向熟悉新科技的友人学习新知识。

每天要做的还有上菜市场，看看有什么最新鲜的蔬菜和肉类，向小贩们请教怎么做，然后将菜式一样一样地变出来，每餐都是满足餐。

总之，每天都学习，每天都创作，日子就变得充实，也可以告诉自己，对得起今天了。

有一阵天气转热，想到吃雪糕来。大家都知道我是一个雪糕迷，市场上有什么新款的都会买回来吃，哈根达斯之类的家里冰箱中常有，但是吃了一点也不满足，它最好的产品是日本做的"Rich Milk"，因为把牌子卖给了日本制造商，准许他们自创。日本公司做的这种雪糕，牛奶味浓厚到极点，还有一种红豆的也非常好吃。但这些大量制造的雪糕满足不了我，还是手制的好。

至今为止，最好吃的是网友"Pollyanna"亲自做给我的，软绵得似丝似棉。想起了，忽发奇想：为什么不自己做呢？在这段日子里，除了可以消磨时间，还能享受到自己喜欢的口味。

思至此，即刻动手。

雪糕的原理，是把牛奶或忌廉混合，放进一个大铁桶里面，桶外用大量的冰包围着，越冷越好。再将牛奶和忌廉搅拌，久而久之，就变成雪糕。这是我们做小孩子时向小贩们买的最原始的雪糕。

明白了原理之后，我到店里去买了一个制雪糕器。所谓雪糕器，先是一个有厚壁的桶，把这个桶放进冰箱的冰格中，冻它一夜，才可以拿出来用。

将牛奶和忌廉放进桶内，雪糕机的另一个部分是电动搅拌器，在不停地搅拌之下，牛奶和忌廉越来越稠，加上桶壁是冰冷的，雪糕就慢慢地形成了。

为什么一定要加忌廉呢？

"忌廉"这个字由"cream"音译，加上一个"冰"（ice）字，就是雪糕，就是冰激凌。

忌廉是什么东西？忌廉其实是牛奶的皮，把牛奶打发之后，浮在上面那层浓稠的东西就是忌廉了，做冰激凌不能缺少。

忌廉打发之后，里面就充满泡沫，便会变得软绵绵。根据这个原理，忌廉加上鸡蛋黄打出来，用筛网隔出细粒和杂质，雪糕就更香了。这是欧洲式的雪糕做法，美国式的是不用鸡蛋的。

买了这个雪糕机，每次做完冲洗起来，非常之麻烦。这时，又像其他的搅拌机、打磨机、切碎机、榨汁机一样，被堆在杂物房中，从此不用。

这时，才开始发觉手制的好处。如果不用雪糕机，能不能做雪糕呢？

又不是火箭工程，失败几次就成功，我开始用最原始、最简单的材料和手法来亲手制作雪糕。

忌廉是缺少不了的，在任何超市都能买得到。这是第一种原料，另外一种是炼奶，什么牌子都行，香港人熟悉的是寿星公炼奶。

用手把忌廉拼命打发之后，发现它越来越浓稠，这时加一罐炼奶进去，再打发均匀，放进一个容器之后拿到冰格冷冻。冻个半小时之后，开始成形，这时又拿出来搅拌，再次冷冻。重复三次，就可以不用雪糕机也能自制冰激凌。

不过，你如果连这种简易的方法都嫌烦的话，以我自己制造雪糕的经验，有一种不会失败，又不用雪糕机的最易、最简便的做法。

你需要的当然有最基本的忌廉，加上炼奶，充分拌匀之后，放进一个密封袋中。买质量最好的Glad（佳能）牌的好了，它有双重的锁紧功能，不会漏出去。如果用低质量的，一漏出来就一塌糊涂，前功尽废。

先用一个"细袋"，倒入忌廉和炼奶，封紧之后，放进一个"大袋"里面，同时加入大量的冰块，最后封紧。再死命大力地摇晃，不能偷懒，摇了再摇，再摇后又再摇，摇至你用手摸摸，小袋中的忌廉和炼奶开始硬化。这时，你的自制雪糕就完成了。

做法一样，但材料千变万化。加进抹茶粉，就能做抹茶雪糕；加入豆腐，就能做豆腐雪糕。全凭你的想象力，天马行空。

只要你一动手，就会发现自制雪糕原来可以如此简单；等到你加入种种你喜欢的食材，就会发现自制雪糕原来可以如此美味。想吃硬一点，就要摇晃久一点；要吃软雪糕的话，更是省下不少工夫。

开始做吧！

大家一齐自制雪糕！祝你成功。

我视瘟疫为敌，它来势汹汹，怎么打这场仗？

我们不是科学家，发明不了疫苗去对抗瘟疫，但也不能坐以待毙，总得还手。最大的复仇莫过于创作，每天做一些事，日子不会白白浪费。一浪费，魔头就赢了。如果我们能找些有意义的事来消磨时间，就更有意思。

在这段时间，我用练书法、烹调、制作酱料来对付瘟疫，当然也包括阅读、看电影、看电视剧等等。玩得不亦乐乎时，疫魔一步步退却。

最新型的武器，是玩出版了。

我虽然还继续写，新书不断地出版，但还有一个区域未涉及，那就是翻译。我以前的文章被翻译成日文和韩文，未译的是英文。

我一直有这个心愿，当今来完成，最适宜不过。但过往经验告诉我，文字一被翻译，怎么样都会失去味道。翻译是最难的一门功夫。

这段时期我想了又想，还是不靠别人来翻译，用自己的文字来写最传神。我的英文并不够好，可以应付日常会话而已。多年来看了不少英文小说，多多少少学了一点英文写作方法，但永远不会比母语是英语的人强。

不要紧，就那么写就是了。

读者对象是我的干女儿阿明，她从小在父母亲生活的苏格兰小岛长大，没机会接触中文。我的书她从来没有看过，也不会了解我这个干爹是做什么的，我要用我粗糙的英文来讲故事给她听，也希望其他不懂中文的友人能够阅读到。

仅此而已。

我把这个意愿告诉了阿明的母亲——我数十年来合作的插图师苏美璐，她也认为这是一个好主意。她建议由与她住在同一个小岛上的一位女作家贾尼丝·阿姆斯特朗（Janice Armstrong）来为我润饰，我翻译过她写的 *The Grumpy Old Sailor*（《坏脾气的老水手》），相信这次也能合作得愉快。

我也写了电邮给我的老朋友俞志纲先生，他是英文书出版界的老前辈，我自然要请教他的意见。俞先生起初以为我想用英文介绍餐厅和美食，他认为应该有销路，并推荐了一些出版社给我，建议我可以先印一千本试试看。

回邮上我说在这个阶段，名与利已看淡，如果再要去求出版社，一定有诸多限制，我还是采用Kindle（亚马逊的电子阅读器）的自助出版方式，自由度较大。

当今这种简称为KDP的Kindle Direct Publishing（亚马

逊自出版平台）已很普通，中文书的出版尚未成熟，但英文书已有一条正规的出版途径。在网上一查，便会出现各种介绍，Facebook（脸书）上更有经验丰富者的口述，仔细地把整个过程讲解给你听。

不过鸡还没生蛋，想这些干什么？

第一步一定要先把内容组织起来，最初的文章，得借助老友成龙了，我把他在南斯拉夫拍戏受伤过程用英文描述出来（指成龙在1986年拍摄《龙兄虎弟》时的经历。当时南斯拉夫尚未解体），以引起读者的兴趣。人家不认识蔡澜，但怎会不知道成龙是谁？

再下来是写我在韩国拍戏时的种种趣事和我早年旅行的经验。

我每天花上四五个小时做这件事，每写完一篇就传给苏美璐，再由她交给贾尼丝去修改。

有时一些浅白的话语她也来问个清楚，我就知道这是西方人不可接受的描述，干脆整段删掉，一点也不觉得可惜。我监制电影时，若把拖泥带水的剧情一刀剪了，导演花了心血，一定反对。我写的文章，我自己不反对就是，一点也不惋惜，反正其他内容够丰富。

贾尼丝一篇篇读完，追着问我还有没有新的，我听到了，心才开始安定下来。

有了内容，才可以重新考虑到出版的问题。俞志纲先生来电邮说在过往十年中，英文书的出版市场已被五大集团吞并，分别为哈珀柯林斯（HarperCollins）、企鹅（Penguin）、麦克米伦（Macmillan）和贝塔斯曼（Bertelsmann），最后加上法国的阿歇特（Hachette）。不过还有些小公司。假设我找到一家英国的，再包一千册的销售量，合作的可能性就大了。

他还说如果有第一本样书，不妨考虑去法兰克福，那里每年都有一个盛会，其间大小出版商云集，商谈版权转让、合作出版、地区发行等等。如果考虑参与的话，一定有所斩获。

要是没有疫情的话，也许我会去走走。我的老友潘国驹的教科书出版集团每年都参与，跟他去玩玩也是开眼界的事。但疫情下已不知道什么时候可以旅行，这个构想太遥远了。

目前要做的是一心一意把内容搞好，在KDP上尝试也不一定实际，不如请我生意上的拍档刘绚强兄帮忙。他拥有一个强大的印刷集团，单单一本书也可以印得精美。等到内容够丰富时，可请他印一两百本送朋友。心愿已达，不想那么多了。

为了出版英文书，我这段日子每天写一至两篇文章，日子很容易就过，热衷起来不分昼夜。我们的"忘我"，日本人称为

"梦中"，实在切题。

每完成一篇，我即用电邮传送苏美璐，再由她发给作家贾尼丝·阿姆斯特朗修改。另外传给钟楚红的妹妹卡罗尔（Carol Chung），她已移民新加坡，全部以英文写作和思考，儿女长大后较为得闲，由她润色，把太英语化的词句拉回东方色彩，这么一来才和西方人写的不同。

苏美璐的先生罗恩·桑福德（Ron Sandford）也帮忙，美璐收到文章给他过目，他看完说："蔡澜的写作方式已成为风格，真像从前的电报，一句废话也没有。"

当今读者可能已不知道电报是怎么一回事了，昔时以电信号代表字母，像"点、点、点"是一个字母，"点、长、点"又是另一个字母，加起来成为一个字。每一个字打完，后面还加一个停止信号，用来表示完成。

拍电报贵得要命，价钱以每个字来算，所以尽量少写，有多短写多短，只求能够达意，绝对不多添一句废话。这完全符合了我的写作方式。

我虽然中学时上过英校，也一直喜欢看英文小说，电影看得更多，和洋朋友进行普通英语对话也可以过得去，但要写出一篇完整的英文文章，还是有问题的。

问题出在我会在文法上犯很多错误。小时学英文，最不喜欢什么过去时、过去进行时等等，一看就头痛，绝对不肯学。我很后悔当年任性，致使我没有经过严格的训练，现在用起来才知会犯错。

好在卡罗尔会帮我纠正，才不至于被人当笑话。我用英文写作时一味"梦中"地写，其他的就交给贾尼丝和卡罗尔去办。

最要紧的还是内容，不好看什么都是假，但自己认为好笑，别人不一定笑得出，尤其是西方读者。举个例子，我有一篇文章讲我在嘉禾当副总裁时，有一天邹文怀走进我的办公室，看书架上堆得满满的，尽是我的著作，酸溜溜地暗示我不务正业，说："要是你在美国和日本出那么多书，版税已花不完，不必再拍电影了。"我回答说："一点也不错，但要是我在柬埔寨出那么多书，早就被送到杀戮战场了。"

用中文来写就行，一用起英文，贾尼丝就不觉得幽默，若只有一两段如此，我即刻删掉，但是整篇文章放弃就有一点可惜。我不知道贾尼丝为何不了解，卡罗尔就明白，我到底是坚持采用，还是全篇丢掉呢？到现在还没有决定，我想到了最后，还是放弃好了。

要写多少篇才能凑成一本书呢？以过往的经验，我在《壹周刊》写的长文每篇两千字，编成一系列的书，像《一乐也》《一趣也》《一妙也》等等，每一个专题出十本书，每凑够四十篇就可以出一本。以此类推，英文的文章有长有短，要是有六十篇，就可以了吧？

我现在已存积到第五十二篇了，再有八篇就行。从第一篇至第五十二篇，我都是想到什么写什么，有的写事件，像成龙跌伤等；有的写人物，像邂逅托尼·柯蒂斯等；有的写旅行，像去冰岛看北极光等。文章任意又凌乱地排列，等到出书时，要不要归类呢？

我写的旅行文章太多了，故只选了一些较为冷门的地方，如马丘比丘、大溪地等，要不是决心删掉，就有好几本书了。我这本英文书绝对不可以集中在这个题材上面，所以法国、意大利等，完全放弃。

关于吃的文章也不可以太多，我选了遇到保罗·博古斯时请他煮一个蛋的故事，做《料理的铁人》的评判时遇到的趣事，那些太普通的都删除。

关于日本，我出过至少有二十本书，到最后只选了几个人物，像一个吃肉的和尚朋友加藤和一个把三级明星肚子弄大的牛次郎。

关于电影的文章也太多了，只要了《一种叫作"电影导演"的怪物》和《范·克里夫的假发》那几篇，都是我的亲身经历和我认识的人物。

剩下的那八篇要写什么，到现在还没决定，脑海中已经浮现了微博上的有趣问答、与蚊子的生死搏斗和瘟疫流行中的日子怎么过等等题材，边写边说吧。

文章组织后，苏美璐会重新替我画插图，众多题材都是她以前画过的，现在新的这批画作，我有信心会比文章精彩，我一向都是这么评价她的作品的。

如果英文书出得成，到时和她的一批原画作一起展出做宣传，较有特色。

这本书，像倪匡兄的《只限老友》，我的是《只限不会中文的老友》，书若出不成，自资印一批送人，目的已达成。

瘟疫流行这段日子，锁在家里，做得最多的事，当然是烧菜了。

蔬菜炒来炒去，炒得最多的是菜心和芥蓝，几乎是天天吃。天还热，长不出甜美的芥菜，不然我也甚喜欢吃。夏天当然是吃瓜最妙，我常炒丝瓜，粤人听到"丝"，认为其音似"尸"是不吉利，改称之为"胜瓜"。胜瓜也是我吃得最多的。

提起胜瓜，就想到台湾澎湖产的，其味浓，又香甜，但量很少，贵得像海鲜。香港的没那么好，可以烹调法补之。怎么炒？先刨去外皮，切成大块的三角形备用，另一边把虾米用滚水浸泡，水别丢掉，留着等下用。另外泡粉丝，有时间用冷水，没时间用热水。

锅热下油，把蒜头爆香，下挤干水的虾米。记得用高级货，否则不香不甜。把虾米爆香后，就可以放丝瓜去炒了。丝瓜会出水，但不够，可以拨开丝瓜加浸虾米的水，然后把粉丝放进去，怕味精的人可以加一点糖，下鱼露当盐，上锅盖。

过个两三分钟，菜汁被粉丝吸掉，再翻炒两三下，便能起锅，一碟美味的炒丝瓜就完成了。多做几次就拿手，不是很难。

说到下糖，有许多人不喜，说甜就甜，咸就咸，哪里可以又甜又咸的？吃惯上海菜的人一定不怕，他们的料理多是又咸又甜还又油的。

同样的炒法可以炮制水瓜，还有葛类。把沙葛切丝后炒之，又甜又美。不这么炒，可下鸡蛋煎之。还可炒苦瓜，一半生苦瓜，一半焯过的苦瓜。或用鲜虾来炒，或下大量黄豆煮汤，记得放些潮州咸酸菜来吊味，没有的话用四川榨菜片也行。加点排骨，是很好的夏天汤水。

简单的红烧肉吃久了未免单调，做个红烧肉大烤吧。所谓大烤，就是加墨鱼进去煮。锅中放水焯五花肉，墨鱼洗净备用。下油热锅，加些姜蓉、小米椒煸炒，待煸出油后放墨鱼、五花肉翻炒。加花雕、老抽，小火焖四十分钟，加冰糖大火收汁，完成。

什么？又咸又甜不算，还要又鱼又肉？是的，海鲜和肉一向是很好的配搭，韩国人也知道这个道理。在煮红烧牛肋骨时，最地道的方法也是加墨鱼进去。

海鲜是海鲜，肉是肉，一般不肯尝试的人总跳不出这个方格，无法去到饮食的新天地。

海鲜加肉最易炒了，韩裔美国大厨张锡镐的餐厅Momofuku（福桃）的名菜，就有一道把猪脚焖了，切片，用生菜包着，里面有泡菜、辣椒酱、面豉酱、蒜头、紫苏叶。最厉害的是加生蚝，一加生蚝，这道菜就活了。我最近常用这个方法来做菜，可以杀饭。

生蚝入馔的还有澳大利亚的Carpetbagger，一大块牛扒，用利刀横割一个洞，将生蚝塞进去再煎，这是我唯一欣赏的澳大利亚本土料理。

最近常做的还有各种意大利菜，我发现分域码头的意大利超市Mercato Gourmet之后，便经常去。里面有数不尽的意大利食材，价钱十分公道，买来自己做，比上餐厅便宜多了。

最基本的意大利食材是意粉，那么多的选择，哪种最好？各人有各人的口味，我喜欢的是一种扁身的干面，叫Marcozzi di Campofilone，下了大量的鸡蛋制作。水滚了下点盐，煮个三四分钟即熟，味道好得不得了，不知道比大量生产的美式干意粉好吃多少倍。

酱汁当然由自己调配最佳，店里有卖一包包现成的酱，意大利厨师亲自做的，最正宗不过。我喜欢的是一种羊肉酱，买回来加热后淋上，方便得很。在餐厅吃的意粉多数下太多的芝士，只有意大利人才爱吃。

酱汁之中，没有比下秃黄油更豪华的了，连意大利人吃了也跷起拇指。店里也卖各类乌鱼子，不比中国台湾的差，大量地刨在意粉上面，吃个过瘾。

一条条的八爪鱼须是冰鲜真空包装的，打开后煎一煎就可以切开来吃，一点都不硬。但最好的是买到新鲜的小墨鱼，每个星期一入货，在下午买些回来，煎一煎即可以吃，鲜甜得不得了，简直可以吃出地中海的海水味道来。

头盘来些帕尔马火腿，一百克好了。再在店里买一个意大利蜜瓜，比日本来的清甜，又便宜得多。吃出瘾来，再切一百克猪头肉下酒。

那么多橄榄油，不知道哪种最好，由店员推荐好了。店员推荐了一瓶Frescobaldi Laudemio，的确不错。认清了牌子，不会再买错了。

西红柿的种类很多，有些样子的在香港罕见。我介绍大家一种黄颜色，个头比乒乓球小一点的，甜得可以当水果吃。

最后，我还买了一大罐大厨自己做的雪糕，下大量新鲜鸡蛋，滑如丝，拿回到家里刚好融化，胜过自己做了。

算账时看到架上有雪茄出售，是克林特·伊斯特伍德（Clint Eastwood）在西部片中常挂在嘴边的那种，粗糙得很，但也有说不出的风味，扮扮牛仔英雄，非常好玩。

瘟疫流行期间，不能让它一天天白白浪费，还是要找点事来做。很多玩意儿都玩过了，新的是什么呢？

想了又想，又和许多朋友谈过，最后决定玩podcast。

"podcast"这一词，是由iPod和broadcast组合，中文被勉强地译成"播客"。有许多人都早在十几二十年前就玩过，不是什么新主意。

最初是一架iPod就行，当今没什么人用iPod了，都是iPhone和iPad的世界。总之架上了它，能看自己，就可以向外广播。

已有无数人在玩，为什么有人会看你的？这是一个最大的问题。

如果怀着一开始就有大把人看的心态，这个玩意儿就失败了。内容当然是最重要，言之有物，就有人欣赏。慢慢来好了，反正要锁在家里，尽量把内容做好再说吧，其他的想太多也没有用。

看其他人的"播客"，一开始便自言自语，得到的第一个印象是此君蓬头垢脸，灯光又平淡，太不严谨。

我妈几十岁时，起身洗脸之后还略施脂粉才走出卧房，这一点要学习的。

在家中已如此了，还说要出来"见客"呢。见群众当然要打扮打扮才行，并不是爱美，而是对别人的一点尊重。

既然要做，就要好好地做。这是父亲教我的，所以我不想在家里对着镜头就做，而是要找个地方来实行。刚好生意上的拍档刘绚强有个很大的办公室，可以空出来让我乱玩，再好不过了。

刘绚强本身是做印刷的，他在内地有最精美的印刷厂，更联合了一群艺术家做展览。这群人对灯光最有研究，请友好们来替我装点一下门面，才是见得人。

至于内容，当然是想到什么讲什么。一受限制了总是做不好，守着"只谈风月，不讲政治"的原则，任何题材都可大谈一番。

单单是我一个人可能太单调，刘绚强一家人参加我的旅行团已有数十年，他一家人我也从小看着他们长大，都当成亲人了。

两位女儿也从她们拍拖到生小孩，可以和她们谈一些生活上的点滴，大女爱喝酒和美食，小的爱做甜品面包，反正地方够大，可弄一个厨房和烘焙室，一面谈天一面做节目，较不枯燥。

用什么语言呢？内地市场的话当然是说国语，但是这个直播我还是要面向香港观众，说粤语较为亲切。

也做了一番研究，至今最多香港人看的是YouTube，节目放在它上面播放，YouTube在内地看不到，也可以选个平台在内地播放。

也许组织一支队伍，把节目打上字幕，让听不懂广东话的人也可以看。

至于要叫什么名字，我现在还想不出，我从前做节目都是由金庸先生替我题字的，也许我会模仿他的书法写上节目名。

十多年前卢健生介绍了我微博这个平台，我开始用心地玩，回答网友的问题，组织一百多字的微小说竞赛等等，粉丝一个个争取，至今已有一千多万粉丝，都是因为我发了十一万条微博得来。如果我用同样的努力，播客也能得到一些观众吧。

即使是微博，也都是以文字来沟通。文字是我的强项，虽然我做过《今夜不设防》和许多旅游节目，但现身说法总不如文字的交往。这次又是我来和大家见面，还是要从头学习的。

从前做节目时，如果喝多几杯酒，胆子就大了，当今酒已少喝，酒量也大不如前，不能靠它来壮胆了，硬着头皮顶硬上吧。

身体状态好的话，会较有把握的，但人一疲倦，就不想多说话了。做这个节目，我还是有点战战兢兢的，不过也不去想那么多了，要是不开始，只是口讲而不实行，时间又浪费了。

要先得到大家谅解的是我的记忆力大不如前，有时会讲错话，有时时间和地点都会搞乱。总之，我尽力而为，对得起各位，就对得起自己了。

瘟疫期间，闷得发慌，锁在家里的日子，怎么过呢？一定得找些事来消解，才对得起自己。

很多朋友建议我在Patreon开一户口，自言自语地发表言论，如果有人看，还可以分成呢。我当然也研究过，发现并不对我胃口。

如果做podcast的话，我宁愿在YouTube上做了，这是一条大道，看的人也最多。香港人对YouTube最有信心，一得闲就上去逛逛。

当然在内地的平台有更多的选择，但得讲国语，我始终长居香港，用粤语做podcast应该更有亲切感。和大家商讨的结果，还是在YouTube做podcast。至于怎么照顾到听不懂粤语的观众，我则会加上字幕。

叫什么呢？我也想了很久，最后决定用回我的网店名字"蔡澜花花世界"，也代表了我"不谈政治，只谈风月"的立场。

通常做一档podcast节目是不花本钱的，弄一个拍摄机或更简单的iPhone，对着自己，就可以开始直播了，但看别人的，总觉得粗糙。开始的时候还是要精密一点，严谨一点的，所以先要来一队摄影及灯光组，再加上后期的剪接与字幕组，一切花费不少，是否有钱赚不知道。但事实是先得被打三百大板，这也不要紧了。

做podcast最主要的还是内容，讲些什么有没有人感兴趣？看不看得下去？才是关键。摄影和字幕的投资，我是不惜工本的。

自言自语总不是我的强项，我不是一个话多的人，有些人一开口就讲个不停，内地人称这类人物为"话痨"，我很佩服。但我做不了，还是找人对答较为流畅。

当然，我有许多演艺圈的朋友可以找来做主持，但我不想劳烦别人，还是请了我生意上的拍档刘绚强先生帮忙，要求他两个女儿上阵，大女叫Shirley（雪莉），小女儿叫Queenie（奎尼），她们都是一直跟我旅行团到处走的，我从小看到她们大，把她们当成自己女儿了。

Shirley口齿伶俐，又很爱吃东西和喝酒，在吃喝方面很容易配合到我。Queenie很乖，话不是太多，一直喜欢烘焙，从小爱做面包，非常出色。她做的饼干好吃得不得了，有种椰子饼，更令人吃得上瘾。

有了这两人助阵，我做起这档podcast节目时就轻松了许多，但所花的时间和精力还是不少的。我相信这是应该投入的，连这一点功夫也不肯花，怎能做得好？

　　许多人想做这个，想做那个，说得老半天什么都没有做得出来，我不是这种人。我说做，就做出来，所以《蔡澜花花世界》这档节目就产生了，在二〇二〇年十一月十三日星期五首播。

　　最先拍的是我新结交的意大利朋友Giandomenico Caprioli（詹多梅尼科·卡普廖利）的意大利杂货店，就开在分域码头。你想到的什么意大利食材都可以在这里找到，非常齐全。

　　节目出街之后，我打电话问生意有没有帮助，回答客人增加很多。多人说我介绍得不错，总之有反应是好过没有反应。

　　本来，我的原意是一个星期在YouTube中播出一集，看视频的人不喜欢看太长的，只要剪成十分钟左右就够了，否则太长也会在手机上看得昏头昏脑。

　　但是，以我本人观察，看了一集之后，再要等一个星期才有第二集，是不满足的。我即刻吩咐我的制作团队，不要等多七天，马上连续在第二天的星期六再做多一集。

　　第二集的内容是把所有在超市买的东西放在桌上，当成野餐，把腌制的肥猪肉切成薄片，再配上清新的意大利蜜瓜吃，加上圣丁纽尔的火腿，以及用猪头肉压成的薄片，还有种种的食物，同时也介绍了妹妹Queenie出现，尝试她做的面包。

第三集连续追击，把买回来的八爪鱼煎一煎，将地中海红虾做成意粉，淋上红虾油和红虾粉，是美味的一餐。这时候，拿手的甜品出现。妹妹做的杏仁薄脆出色，白色朱古力挞，猫山王榴梿甜品等，都非常出色。

果然三集同时推出是有它的震撼，可是压力继续来了，每星期三集的话，后期的制作是困难的，但怎么困难也要顶硬上。

下一个星期我们推出了上海菜系列，也是一连三集，YouTube上有所看人数的统计，但我是不看的，看来做什么？只要做得精彩看的人就会越来越多。

像我在微博上做的，看的人叫粉丝。我的粉丝是一个一个努力赚来的，有一千多万。我不能期待YouTube上有这种成就，既然开始了，就把头埋进去，每次努力地做好它。

对得起自己，就是了。

如今

蔡瀾　活过

疫情期间，我一直录制视频节目，观众的反应也极佳，终于等到三年疫情过去，没想到的是老伴突然在家里摔倒，我赶过去扶她的时候，自己也摔了一跤，把盆骨也摔碎了。因为这次意外，与我相敬如宾的太太离世。

伤患日渐康复，如今搬出了原本的家，住进酒店，每天由几位同事照顾，闲时看看电视，偶尔外出逛逛，有时朋友探访，倒也过得舒服，还专门跑到吉隆坡及新加坡办了两场书法展，兑现了当初的承诺。

到了这个阶段，已没什么遗憾，这本书，记录了我数十年来的一些往事，大部分是快乐的回忆。网上常有人问我，这一生之中有没有什么后悔或遗憾的事？怎么可能没有呢，但把悲伤事说出来又有什么作用？还是只记开心事吧。

所以，我的答案永远都是同一句话："我活过。"